お品書き

枝豆	300円
冷や奴	300円
酢の物	350円
お浸し	350円
唐揚げ	450円
茶碗蒸し	500円
天ぷら盛り合わせ	600円
かやくごはん	300円

ウーロン茶	280円
オレンジジュース	280円
瓶ビール	400円
日本酒（冷・燗）	400円

峠うどん物語 上

重松清

講談社

目次

装幀　鈴木成一デザイン室
装画　武藤良子

峠うどん物語　上

序章

おじいちゃんがお店の屋号《やごう》を『峠《とうげ》うどん』に変えたのは、十四年前——わたしが生まれた年のことだった。

それまでは『長寿庵《ちょうじゅあん》』というお店だった。ありふれてはいても、おじいちゃんが住み込みで修業をしたお店から暖簾《のれん》分けしてもらった由緒《ゆいしょ》正しい屋号だ。でも、やむにやまれぬ事情で、それを改名せざるをえなくなった。

「しょうがないよねえ、ほかの名前ならともかく、ご長寿の『長寿庵』じゃ、お客さんにケンカ売ってるようなもんだから……」

おばあちゃんは『長寿庵』時代のお店が写った古いアルバムをめくりながら、小学校に上がるかどうかの頃のわたしに言った。

その頃はまだわたしも幼《おさな》すぎて、「ご長寿」がどうしてだめなのか納得できなかった。おいしい手打ちうどんを食べて長生きしましょう。それのどこが悪いんだろう。でも、いまはわかる。ぜんぶ悪いんだよ、とため息交《ま》じりにうなずくしかない。

二代目の屋号どおり、お店は峠のてっぺんにぽつんと建っている。国道沿いではあるものの、市街地からはバスで三十分以上かかる。独立していきなり人里離《ひとざとはな》れた場所にお店を出すあたり、頑固者《がんこもの》で偏屈《へんくつ》なおじいちゃんの性格がしのばれる話だ。

もっとも、おじいちゃんが毎朝手打ちするうどんは、なかなかの評判だった。国道を行き来するトラックやタクシーの運転手さんから口コミで人気が広がって、土曜日や日曜日には家族連れもドライブがてら食べに来るようになった。

開店から二十年、一人息子のお父さんを育て上げ、お店を建てたときのローンの返済も終わって、まだまだ「老舗《しにせ》」と呼ばれるほどではなくても民芸調のテーブルや座敷をかまえた店内にも風格が出てきた頃、『長寿庵』の運命を左右する大事件が起きた。

ある日突然、国道を挟んだ向かい側の雑木林で工事が始まったのだ。

工事は一年がかりの大規模なものだった。雑木林はすっかり切り払われ、とんがっていた峠のてっぺんはナイフで切ったみたいに平らに整地されて、そこに広い駐車場のついた大きな建物がつくられた。

ただし、サイズは堂々たるものでも、デザインや色づかいは控えめな建物だ。敷地の奥まった場所に立つ煙突《えんとつ》も、国道からは見えそうで見えない微妙《びみょう》な位置と高さに設計されていた。目立つわけにはいかない。存在を強調してはならない。峠のてっぺんに建てられたのは、そういう種類の建物だった。

メモリードホールという横文字の名前はついていても、地元のひとたちは誰もそんな洒落《しゃれ》た呼び方はしない。

身《み》も蓋《ふた》もなく、市営斎場《しえいさいじょう》――。

ご長寿の『長寿庵』は、やっぱり洒落にならない、と思う。

市営斎場が建ってから、峠の趣《おもむき》は一変してしまった。おいしいうどんを啜《すす》りながら、春は山桜、夏は蟬時雨《せみしぐれ》、秋は紅葉、冬には雪景色が楽しめた緑豊かな森も、コンクリート造りの斎場のせいで台無しになった。タイミングが悪ければ、宮付きの霊柩車《れいきゅうしゃ》を眺めながらうどんを啜らなければならないし、斎場の醸《かも》し出《だ》す陰気さは国道を挟んだ『長寿庵』にも届き、風向きによっては、煙突の煙も微妙に気になってしまう。

実際、お父さんの話では、『長寿庵』の経営状態は斎場のオープンとともに急に悪化したのだという。

「かき入れどきの土曜日や日曜日に、これがまた、斎場も満杯《まんぱい》の日が多いんだ。昔ほど日取りにうるさくないから、友引《ともびき》以外だったら、なるべく土曜日や日曜日に合わせて葬式をするようになってるだろ。冬場なんて、うどんが一番うまい時季なのに、寒いから年寄りがよく死ぬもんだから、駐車場に車が入りきらない日だって、ざらにあったんだ」

「他にはないんだっけ、斎場って」

「ないんだよ、あそこだけなんだよ。人口が二十万もあるのに斎場が一つきりっていうのが、そもそも問題なんだよなあ。昔から、ここは市長がろくでもない奴ばっかりで、市役所もなんにも仕事しないし……」

うちのお父さんは、頑固者で偏屈者のおじいちゃんの一人息子だけあって、サッカーの日本代表の戦術から日米問題まで、なにかにつけてぶつくさと文句の多いひとなのだ。

「まあ、それで、親父もおふくろも困っちゃって、いっそ街なかに移転するかっていう話も出たんだけど、あの頃はちょうどバブル景気で、土地の値段や家賃《やちん》が信じられないぐらい高くなってたから、どうにも身動きとれなくなっちゃって……」

おじいちゃんとおばあちゃんは、その頃すでに還暦を過ぎていた。うどん屋に定年なんてなくても、そろそろ無理の利《き》かなくなる頃だし、街なかの自宅から峠のお店まで毎日通うのも楽ではない。

お父さんは、遠回しに引退を勧めた。新婚間《ま》もないお母さんも、本音《ほんね》はともかく、自宅を二世帯住宅に建て替えて同居しましょう、と自ら申し出た。

でも、おじいちゃんは現役《げんえき》にこだわった。おばあちゃんもくじけなかった。

初孫《はつまご》のわたしが生まれたのも気持ちの支えになった。

「よっちゃんが大きくなって、おじいちゃんのうどんの味を覚えてくれるまではがんばろう、って決めたんだよ」

おばあちゃんは言う。もっとも、お父さんとお母さんに言わせれば、「淑子《よしこ》のことを跡継《あとつ》ぎに勝手に決めて、勝手に張り切っただけなんだから」ということになる。わたしの両親はどちらも小学校の先生で、どちらもうどん屋を継ぐ気はないし、わたしは一人っ子で、おばあちゃんっ子——将来の話は、最近ではわが家のタブーになりつつある。

とにかく、おじいちゃんとおばあちゃんは生まれたばかりの初孫を抱っこして、市営斎場前という立地条件に負けずにがんばることを誓《ちか》ったのだ。

二人は店の名前を変えた。国道を行き交《か》う車に目立つよう大きくつくっていた看板も、小ぶりで控えめなデザインのものに取り替えた。さらに、うどん一筋で勝負していたおじいちゃんが、長年の信念を曲げて、メニューにお酒を加えた。

『長寿庵』あらため『峠うどん』は、お通夜《つや》やお葬式《そうしき》に参列したひとたちのためのお店に生まれ変わったのだ。


そして月日は流れた。

いまも斎場は市内に一つきりで、定休日の友引以外の日は、必ず誰かのお通夜やお葬式が営《いとな》まれている。

たくさんのひとが、この市営斎場で荼毘《だび》に付《ふ》されて、遠い世界へ旅立っていった。それを見送ったあとで『峠うどん』に立ち寄るひとも、たくさんいた。いいことなのかどうか、とりあえず商売繁盛《しょうばいはんじょう》、千客万来《せんきゃくばんらい》――招《まね》き猫《ねこ》はさすがに置いていないけど。

おじいちゃんとおばあちゃんは二人とも七十代半ばにさしかかって、最近は腰が痛い膝《ひざ》が痛いとこぼすことも増えた。でも、まだまだおじいちゃんの打つうどんにはコシがあるし、おばあちゃんも引退なんてこれっぽっちも考えていない様子だ。

わたしは十四歳になった。中学二年生の二学期の、中間試験が終わったところ。

おじいちゃんは中学を卒業するとすぐに住み込みで修業を始めた。おばあちゃんも高校へは行かずに紡績《ぼうせき》工場に集団就職した。両親は旧制中学以来の伝統を誇る県立高校の同級生で、同じ国立大学の教育学部に進んで、ともに教師になった。

わたしはどうしよう。とりあえず高校には進むつもりだけど、そこから先のことはまだなにもわからない。

親子二代で教師というロマンを持っているらしいお父さんの勝手な期待に気づかないふりをして、「『峠うどん』は学歴不問だよ」と真顔で言うおばあちゃんの言葉を笑ってかわしつつ、中学生活もちょうど半分が過ぎた。

そして、十月半ばのある日の夜、おばあちゃんからかかってきた一本の電話から、中学生活の後半戦が始まったのだ。

第一章　かけ、のち月見

1

おばあちゃんは挨拶《あいさつ》もそこそこに本題を切り出した。よけいな前置きの嫌いな、せっかちなひとだ。

「よっちゃん、明日、手伝ってくれる？　お通夜が四件入ってるのよ」

職人気質のおじいちゃんとは対照的に、おばあちゃんはとにかく人当たりがいい。斎場の皆さんともすっかり仲良しで、全部で五ヵ所あるホールの予約状況をいち早く教えてもらっている。それが仕込みにかかわる大事なリサーチなのだ。

「大きなお通夜なの？」

「人数はそんなに多くないと思うんだけど、急に亡くなったひとが二件なんだよね」

「じゃあ、けっこう来るかも」

わたしは受話器を手にうなずいて、「お年寄り？」と訊いた。

「一人が四十いくつのおじさんで、もう一人は十七、八の男の子。おじさんのほうはクモ膜下《まくか》出血《しゅっけつ》でバターッと倒れてそのままで、男の子のほうは暴走族だったんだって。バイクがスリップして、電柱に激突しちゃったらしいよ」

「うわっ、けっこう大変そう……」

中学に入学してすぐにお店の手伝いを始めたので、経験は一年半になる。どんな日にお店が混むのか、そういうときにはどうすればいいのか、だいぶわかるようになってきた。

「だいじょうぶ？　来られる？」

「平気平気、中間テストも先週終わったし」

「成績《せいせき》どうだった？」

「ばっちり」

見えるわけのないVサインを、ついつくってしまった。でも、実際、成績は自己最高を更新して、待望《たいぼう》の学年ベストテン入りを果たしたのだ。

おばあちゃんも喜んで、「じゃあバイト代も割増料金だね」と言ってくれた。

電話を切って、やったね、と自分のためにもう一度Vサインをつくったら、背中にひとの気配を感じた。おそるおそる振り向くと、やっぱりお母さんだった。

「いまの電話、おばあちゃんからでしょ」

「……明日の夜、すごく忙しいんだって」

お母さんは「お父さん、また怒るよ」とため息交じりに言った。「せっかくテストの成績が上がってご機嫌《きげん》だったのに」

いつものことだ。もう慣れている。わたしが『峠うどん』を手伝うことを嫌がるのも、わたしの成績を本人以上に気にして大げさに一喜一憂《いっきいちゆう》するのも、とにかくお父さんはずーっとそうだから。

わたしを手伝いに行かせたくない、というのが両親の本音だった。もっと深いところの本音では、おじいちゃんとおばあちゃんにもそろそろ店を畳《たた》んでもらいたがっている。

「うどん屋が悪いっていうわけじゃないんだぞ。うどん屋は立派な仕事だし、職人さんだってたいしたものだし、おじいちゃんのうどんは、そりゃあ、うん、うまいよ、確かに」

お父さんは重々しく言って、「でもな」と険《けわ》しい顔でつづけるのだ。

「あの店はだめだ、絶対にだめだ、あんな場所にあるかぎり、とにかくだめなんだ」

お父さんの隣では、お母さんも遠慮がちながら、そうそう、そうなの、とうなずくのだ。

二人とも、お店が斎場の真ん前というのが気に入らない。もっと正確に言うなら、おじいちゃんとおばあちゃんが斎場帰りのひとたち相手に商売をしているのが嫌で、そんな商売にわたしを巻き込むことに大反対しているのだ。

まだ中学生の淑子に、ひとの死のなまなましさを見せつけることはないじゃないか——というのが、両親の言いぶん。

よっちゃんももう中学生なんだから、人生勉強ぐらいしなきゃ——というのが、おばあちゃんの言いぶん。

そして、おじいちゃんは、わたしをめぐる綱引《つなひ》きなんておかまいなしに、黙々《もくもく》とうどんを打つだけだ。黙々と、黙々と、とにかく黙々と……。

お父さんやお母さんの言いたいことも、よくわかる。

確かにお店は繁盛している。ただし、それは活気あふれるものではない。

確かにテーブルやお座敷はぜんぶ埋まっている。満員御礼。でも、お客さんはみんな黒い喪《も》服《ふく》姿で、お酒を飲みながら誰もがぼそぼそと小声で話している。投げやりな様子でつまらなそうに笑うひともいれば、ハンカチを目にあてどおしのひともいるし、急にテーブルに突っ伏して泣いてしまうひともいる。

それが『峠うどん』のかき入れどきの光景だった。とにかく陰気で、思いっきり暗い。「お通夜のような」という表現が、このお店にかんしては比喩《ひゆ》ではなく、そのまま当てはまるのだ。

でも、おばあちゃんはそんな雰囲気を無理に消そうとはしなかった。むしろ逆に、お琴の演奏のBGMをやめ、華やいだ店内の飾り付けも取り払って、店内の照明まで暗くして、お通夜帰りやお葬式帰りにふさわしいしめやかさを演出していた。

「斎場でいろんなお通夜やお葬式を見てたら、だんだんわかってきたんだよ」

おばあちゃんは言う。

「天寿《てんじゅ》をまっとうした大往生ばかりじゃないんだ、世の中は。なんの前触れもなく急に亡くなったり、まだ若い子が亡くなったり、小さな子どもをのこして亡くなったり……そういう、もう、どうにもやりきれないお通夜やお葬式って、たくさんあるんだよ」

家族や親戚――要するに遺族の深い悲しみはもちろん、一般の参列者のひとたちの胸にも苦くて重いものが残ってしまう、そんな「死」は確かにあるんだろうな、と「生」を受けてからまだ十四年のわたしにも、なんとなくわかる。

故人と親しかったひとたちには、斎場の中にある広間で、通夜ぶるまいや精進落《しょうじんお》としの席が用意されている。でも、広間に上がるほどではない間柄の参列者は、焼香《しょうこう》をすませたり出棺《しゅっかん》を見送ったりしたら、そのまま、いわば現地解散になってしまう。

「気持ちがおさまらないよ、それは。まっすぐ帰りたくないときって、やっぱりあるよ。どこかで一杯飲《や》らないと、もう、どうにもたまんない気分っていうの……意外と、亡くなったひとと微妙に遠い関係のひとほど、あるんじゃないかねえ」

その微妙な遠さと、斎場の前のうどん屋というのがいいんだ、とおばあちゃんは言う。

本気で腰を据えて酒を飲み明かそうという覚悟なら、峠から街に下りて、もっと本格的な店に行けばいい。でも、べろんべろんに酔っぱらってしまうのは、ちょっとスジが違うような……そこまでするほどの関係じゃないよな、というような……こっちだってこっちの生活があるんだから、と言い訳したくなるような……そういうひとたちには、うどん屋で軽く一杯飲んで、シメに熱々のうどんを啜《すす》って、というのが一番いい。

「斎場から出てきて、バスやタクシーに乗ろうと思って、ふと見たらウチの店があるわけだよね、で、なんとなく、ちょっと一杯飲っていこうかっていう気になって、ふらっと暖簾をくぐるわけ」

おばあちゃんの読みどおり、『峠うどん』のお客さんは、みんな、なんともいえない複雑な表情でお店に入ってきて、複雑な表情のままお酒を飲み、うどんを食べる。

いっそ号泣してしまったほうが楽になるのはわかっていても、ひとはそう単純にわんわん泣けるものではない。かといって、斎場を出たとたん気持ちを切り替えて、すんなりと日常の生活に戻っていけるほど、ひとは器用でもないし、強くもない。

鐘《かね》を鳴らしたあとの余韻《よいん》と同じだ、とおばあちゃんは言う。「ゴーン」の音が消えたあとも「オォン……ォォン……」という空気の震《ふる》えはしばらくつづく。どうせ聞こえないんだからと途中で鐘を押さえてその余韻を止めてしまっては、鐘の音の美しさは台無しだ。

「音が消えたら、はいおしまい、っていうほど、世の中や人生は単純なものじゃないんだよ。よっちゃんにも、そういうのを理屈じゃなくて肌で感じてほしいんだよ」

だからお店を手伝わせる。

「おじいちゃんもおばあちゃんも、あんたには、お葬式のあとで平気な顔をして帰れるようなおとなになってほしくないからね」

そんな言葉を聞くと、なるほどなあ、とうなずいてしまう。おばあちゃんっていいこと言うなあ、とも思う。

でも、お父さんはあきれ顔で「その前にやらなきゃいけないこと、たくさんあるだろ、中学生には」――それもまた、一理も二理もある話なのだ。

お父さんは十時を回って帰宅した。

玄関で靴を脱ぎながら、「あーあ、まいっちゃったよ、もう、たまんないなあ……」と大げさなため息をついた。いつものことだ。帰りが遅くなった夜は、言い訳なのか照れ隠しなのか、必ず一人でしゃべりながらリビングに入ってくる。

しかも、なにがまいっちゃったのか、なにがたまんないのか、自分からは言わない。お母さんやわたしが「どうしたの？」と訊《き》いてくるのを待っているのだ。女房子どもに訊かれてしかたなく話してやるという形になるのが、なぜか、理想なのだという。

かといって、訊かれなければ話さないというわけでもない。こっちが黙っていたら、お父さんのほうから話をどんどん先に進める。だからお母さんもわたしも、めったなことでは「どうしたの？」とは訊かない。かまってあげてても放っておいても結果は同じなら、いちいち相手にしていられない。

今夜もお母さんは知らんぷりしてキッチンの片付けをしていたし、わたしもリビングでテレビを観ながら、明日のバイトのことを切り出すタイミングをうかがっていた。

お父さんは「風呂の前に、ちょっとビールだな」とつぶやいて、自分で冷蔵庫から缶ビールを出した。背広《せびろ》をリビングのソファーに脱ぎ捨てて、ダイニングの椅子に脚を投げ出して座り、ワイシャツにネクタイ姿のまま、缶ビールを一気にごくごくと飲んだ。

話のつづき、そろそろかな……と待っていたけど、お父さんは黙っていた。お母さんが「なにか食べる?」と訊いても、「うん」とも「ううん」ともつかない曖昧《あいまい》な返事をするだけで、またビールを口に運ぶ。あっという間に一本空いた。二本目を取りにキッチンに立って、冷蔵庫のドアを開けながら、なにかのついでのように軽く、お母さんに言った。

「あとで礼服《れいふく》を出しといてくれ」

お母さんが「え?」と振り向くと、「お通夜なんだ、明日」と言って、新しい缶ビールを手にダイニングに戻る。

「誰の?」

「うん、ちょっとな……まいっちゃったよ、ほんと、もう、たまんないよ……」

話は振り出しに戻った。でも、ふんぎりをつけたのか、ほろ酔いのせいなのか、そこからは急に口がなめらかになって、お母さんが言葉を挟《はさ》む間もなく、いきさつがわかった。

亡くなったのは、お父さんの中学時代の同級生——河合《かわい》さんというひとだった。明日の夜、市営斎場でお通夜が営まれる。おばあちゃんが言っていた、クモ膜下出血で亡くなった四十いくつのおじさんは、河合さんだったのだ。

もっとも、お父さんは生前の河合さんと親しかったわけではない。小学校と高校は別々だったし、中学時代も三年間ずっとクラスが違っていた。おとなになってからも接点はなく、同じ市内に住んでいても年賀状のやり取りすらしていなかった。河合さん自身、もともとおとなしくて、友だちの多いタイプではなかった。今日の訃報《ふほう》も同窓会の連絡網で回ってきただけで、じつを言うと、お父さんは「河合くん」という同級生がいたことすら半分忘れていたらしい。

「忙しいんだけどなあ、こっちも。まいっちゃうよな、結婚式と違って葬式っていうのは予定が立てられるものじゃないからなあ、六時からお通夜だから、学校を出るのは五時……着替えもあるしなあ、そうだ、あと、香典袋《こうでんぶくろ》だ、コンビニで買って、一万円でいいよな、五千円じゃアレか、まあでも、ちょっとほかの連中にも訊いて、相場《そうば》を合わせたほうがいいんだよな、あー、でも、もう、とにかく、まいったまいった……」

妙に口数が多い。早口にもなっているし、声がうわずってもいる。

お母さんは温め直した夕食のおかずを食卓に並べながら、「お通夜だけ？」と訊いた。「お葬式には行かないの？」

「行かない行かない、仕事もあるんだし」

「そう？」

「そこまでするほどの付き合いじゃないんだ。お通夜だって、まあ、半分はヤジ馬《うま》気分だよな」

お母さんは、まあっ、と怒った目でお父さんをにらんだ。

でも、お父さんのおしゃべりは、それでいっそうはずみがついた。

「クモ膜下出血だから、いきなりだったらしいぞ。バターン、って、明け方にトイレで倒れたとかなんとか言ってたなあ。ああいうのってアレか、血圧《けつあつ》か、血糖値《けっとうち》は関係ないんだよな、血圧と、動脈硬化《どうみゃくこうか》か、ひとごとじゃないよなあ……」

わたしはテレビに見入っているふりをしながら、お父さんの様子を確かめた。「ひとごとじゃない」とは言いながら、なんだか軽い。「身につまされるよ、ほんと」とつぶやいているのに、あまりへこんでいるようには見えない。

中学を卒業して三十年以上もたっている。たいして仲の良くなかった同級生は、もう赤の他人同然なのだろうか。それはそうだろうな、と納得する気持ちが半分、そういうものなのかなあ、と首をひねりたくなる気持ちが半分——どっちにしても、明日のバイトのことを言い出しづらくなってしまったことは確かだった。

「河合さんっていうひと、仕事はなにしてたの?」とお母さんが訊いた。

「ふつうのサラリーマンだよ。会社の名前は知らないけど、営業の仕事だって言ってたな」

「家族は……」

「奥さんと、子どもが二人。どっちも男の子で、まだ小学生みたいだけど」

「やだ、じゃあ大変なんじゃない、これから」

「まあ、でも、生命保険入ってるだろ、ふつう」

そういう問題じゃなくて——。

お母さんより先に、わたしが思わず言ってしまった。

両親の視線が同時にこっちに向いた。

お父さんはムッとしていた。淑子に言われる筋合いはない、おとなの話に子どもが口出しするな、というおっかない顔だった。

一方、お母さんは、よっちゃんの気持ちもわかるけどね、という苦笑いを浮かべていた。わたしの味方についてくれた。

でも、お母さんは苦笑いの顔のまま、はい、二階に上がっちゃいなさい、と指を天井《てんじょう》に向けて立てた。ここから先はおとなの時間だからあんたには関係ないの、と口に出さなくても伝わった。こういうときのお母さんには、口答《くちごた》えをさせない静かな迫力がある。わたしが小学生なら、お父さんがクラス担任になるよりも、お母さんが担任になるほうが緊張してしまうかもしれない。

結局、わたしは自分の部屋にひきあげるしかなかった。リビングを出る前に、あとでお父さんにバイトのこと訊いてみてね、とお母さんに目配せするのがやっとだった。


翌朝、お父さんがトイレに行っている隙《すき》に「どうだった?」と訊いてみると、お母さんは両手で×印をつくって答えた。

「ぜーったいに来ちゃだめだ、って」

「なんで?」

「なんでも」

「お父さん、お店に寄るって言ってるの?」

「ううん。お焼香だけしたら、さっさと帰ってくるって言ってる」

「じゃあ、わたしがお店にいてもいいんじゃないの?」

それでもだめなのだという。

「うどん食べて帰る同級生もいるかもしれないし、お父さんが『峠うどん』の息子だってことを覚えてるひともいるかもしれないし、あんたがお父さんの娘だってことを知ってるひともいるかもしれないし、そんなひとがあんたがお店を手伝ってるのを見たら、お父さんが働かせてるって誤解しちゃうかもしれないし……」

「かもしれない」を連発したあげく、「とにかくそういうこと、わかった？　今日は行っちゃだめだからね」で、話は一方的に終わってしまった。

トイレからお父さんの鼻歌が聞こえる。機嫌は悪くない。直接お願いすれば、あんがいあっさりＯＫしてくれそうな気もする。

でも、お母さんは一発逆転の望みを断ち切るように、「おばあちゃんにはあとでお母さんが断りの電話を入れてあげるから」と言った。

「おばあちゃん、ドタキャンで迷惑しちゃうよね。怒るんじゃない？」

「怒らない」

きっぱりと言う。「おばあちゃんも、来ないでいい、って言うから」と決めつける。そこまで迷いなく言われてしまうと、もうそれ以上ねばることはできなかった。

お父さんの鼻歌は、トイレから出て服を着替えているときもつづいていた。サザンオールスターズの古い歌を、何曲もメドレーで口ずさんでいる。

「お父さん、全然落ち込んでないんだね」

「そんなわけでもないと思うけど……」

「だって明るいじゃん」

まあねえ、とうなずいたお母さんは、ちょっと困った顔で教えてくれた。

お父さんは、亡くなった河合さんのことがまったく思いだせないのだという。記憶をたどってみても、思い出どころか顔すら浮かばない。

「卒業アルバムや卒業文集は実家のほうにしまってあるし、こっちに持ってきてる昔のアルバムにも、河合さんが写ってるのは一枚もなかったんだって」

同級生のよしみで参列はするものの、思いっきり義理——ゆうべベッドに入ってからも「やっぱり行くのやめようかなあ、面倒《めんどう》くさいなあ」とぼやきどおしだったらしい。

「……なんか、お父さんって意外とクールっていうか、冷たくない？」

口をとがらせて言った。

お母さんは、さあねえ、どうなんだろうねえ、と小首をかしげて苦笑するだけだった。

2

学校に行くと、教室の後ろのほうがざわついていた。

男子が集まっている。その外側に女子も何人かいる。人垣の真ん中で「マジだよぉ、マジ、まいっちゃうよなあ」と声を張り上げているのは、大友《おおとも》くん——クラスの男子で一番うるさくて、一番ガキっぽくて、小学生の頃からの付き合いのわたしには不思議でしょうがないのだけど、女子の人気は三番目か四番目あたりにつけている子だ。

聞き耳を立てるつもりはなくても、話が勝手に耳に飛び込んできた。

大友くんは、今夜、市営斎場に行く。お母さんのほうのハトコが交通事故で亡くなって、今夜がお通夜なのだという。

「ばあちゃんの弟の孫だから、親戚《しんせき》っていっても遠いんだよなあ。リュウジっていう名前も、死んでから初めて知ったんだよ。ガキの頃に一回か二回しか会ったことないし、親のほうももともと付き合いなかったし、ゾクだったし」

ゾク――暴走族のこと。みんなは「すげえっ！」と盛り上がったけど、大友くんは「全然すごくねーよ、親戚中の恥さらしだっつーの、そんなの」とうんざりした声で言った。

そういえば、と思いだした。暴走族のひとがバイクのスリップ事故で亡くなった、とおばあちゃんが電話で話していた。

高校を中退して、さんざん両親に心配と苦労をかけてきたらしい。警察に捕まったことも、じつを言うと何度かあるらしい。

「だから、そいつの親も正直言ってホッとしてるんじゃねーの？　どうせ生きてたってろくな人生にならないんだし、もっとヤバいことやっちゃってメチャクチャになる前に、勝手にバイクで転んで死んでくれたんだから、ラッキーなんじゃね？」

まわりのみんなに「ひでえーっ」「そんなこと言わないほうがいいよ」とブーイングされて

も、大友くんは「ウチの親父や母ちゃんも全然泣いてないもん」と譲《ゆず》らない。「俺だって、ぜーんぜん悲しくないし」

「でも、親戚なんだから……」

女子の誰かがいかにも真面目そうに言った。

「関係ねーよ」大友くんはムッとして言い返す。「俺なんてそいつの顔も覚えてないんだから、赤の他人とおんなじだっつーの」

ゆうべのお父さんみたいな言い方をする。

お通夜とお葬式の両方参列するのはお母さんだけで、お父さんと大友くんはお通夜だけ。会社や学校を休んでまで参列する間柄ではない、ということなのだろう。そのあたりもお父さんと河合さんの話に似ている。

「あーあ、面倒くさいよなあ、行きたくねえなあ、市営斎場なんて……」

駄々《だだ》をこねるようにぼやくところまで同じ。

なんなんだろうなあ、とカバンの中の教科書やノートを机にしまっていたら、人垣の隙間をこじ開けるように、「あ、そうだそうだ、野島《のじま》ーっ」と、大友くんがわたしに声をかけてきた。

「おまえんちって、斎場のうどん屋だよな」

みんなもいっせいにこっちを振り向いた。

違う違う違うっ、とあわてて首を横に振った。よほど斎場のインパクトが強いのだろう、小学校の同級生でさえ、そういう勘違《かんちが》いをしてしまう。しかも、勘違いにかぎって、みんなの前で大きな声で言われてしまうのだ。

「間違えないでよ。市営斎場の前に、たまたま建ってるだけの、うどん屋さん。斎場とはなんの関係もないんだし、もともとこっちのほうが先に建ってたんだし、わたしんちじゃなくて、おじいちゃんとおばあちゃんのお店。わかった？」

「どっちでもいいけどさ、そんなの」

よくない――。

でも、大友くんは平気な顔で「で、うどん、うまいの？」と訊いてくる。「『葬式うどん』とか『お通夜うどん』ってあるわけ？　ほら、海苔《のり》とカマボコで白黒とか」

やだぁ、と女子が笑う。

「キツネとかタヌキは化けて出ると怖いからNGとかさ」

男子に爆笑された。

「それで、俺、帰りに行ってみていい？　知り合いで割引ってあるの？　特別サービスとかしてもらっていい？」

無視《むし》したら、大友くんは一方的に「じゃあ、特別サービス、よろしくってことで」と話をまとめてしまい、わたしが言い返す前にみんなに向き直って話を戻した。

「それでさ、俺、お通夜とか葬式とかって初めてだから、全然わかんないんだよ。誰か知ってる奴いない？　ちょっと教えてくれよ」

焼香のやり方を訊いても、みんなもまったくわかっていない。抹香《まっこう》を相撲《すもう》の塩みたいに香炉《こうろ》に撒《ま》くんだとか、神社のお参りみたいに柏手《かしわで》までつけるんだとか、手のひらを揉《も》むようにこするんだとか、四十九日までは合掌《がっしょう》ではなく片手拝みの「どーもっ」でいいんだとか、焼香の間は息を止めていないと怖い霊に取《と》り憑《つ》かれるとか……めちゃくちゃなことばかり言って、勉強があまりできない大友くんはそれをいちいち真に受けて、メモまで取っている。

ほっとけばいい。恥をかくのは大友くんだし、明日大友くんに怒られるのもわたし以外のみんなだし、要するにわたしにはまったく関係ない。

理屈ではわかっていても――やっぱり、口を挟んでしまう。「違う違う違う、なに適当なこと言ってんの！」とおしゃべりの輪についつい割って入ってしまう。そういうおせっかいな性格はおばあちゃん譲りで、やるからには完璧《かんぺき》を目指さないと気がすまないのはおじいちゃんの職人気質を受け継いだのだろう。

おかげで、みんなには「よっちゃんって年寄りくさくない？」とよく言われる。実際、数珠《じゅず》のかけ方を宗派別に覚えている中学二年生なんて、そうざらにいるものではないだろう。

焼香の手順を夢中になって説明した。身振り手振りも交えて、ほらこうなの、こうするわけ、と教えてあげた。ふと気づくと、人垣はしーんと静まりかえって、大友くんはじめ同級生一同、あきれはてた顔でわたしを見ていた。

小学生の頃は、自分がまわりと比べて特に変わっていると感じたことはなかった。いまだって、根っこのところはみんなと同じだと思っている。

でも、やっぱり、中学に入学して『峠うどん』の手伝いをするようになってから、同級生のみんなとは、どこかのなにかが微妙に違ってきた。

「わたしはニッポンで一番喪服を見てきた女子中学生だよ」——ときどき、冗談《じょうだん》で言う。あまりウケないけど。

「火葬場の煙が黒っぽく見えると、次の日は雨なんだよ」——役に立つのに、教えてあげると嫌がられてしまう。

「六曜《ろくよう》は先勝《せんしょう》、友引、先負《せんぶ》、仏滅《ぶつめつ》、大安《たいあん》、赤口《しゃっく》の順番で、旧暦の月の数字と日の数字を足して六で割り切れれば大安、六で割ったときの余りが三なら友引」——高校受験には絶対に出題されない、と両親に断言されるまでもなく、わかっている。

ちなみに、旧暦と六曜は規則正しい対応をしていて、毎月一日の六曜は固定されている。一月と七月は先勝から始まるし、二月と八月は友引から始まる。三月と九月は先負で、四月と十月は仏滅で、五月と十一月が大安、六月と十二月が赤口というわけだ。

さらにちなみに、建築関係の凶日とされている「さんりんぼう」は、漢字で「三隣亡」と書く。「この日に棟上《むねあ》げなどをすると三軒隣まで滅ぼしてしまう」という意味だけど、もともとの漢字は「三隣宝」で、意味も正反対の「この日にこそ棟上げなどをすべきだ」という日だったのだ。江戸時代の暦《こよみ》の注記にも「屋立てよし」と書いてあるらしい。ところが、ある年、おっちょこちょいな暦の編者が書き写すときに「よし」を「あし」と間違えてしまった。そのまま「三隣宝」は縁起の悪い日ということになって、凶日なのに「宝」はヘンじゃないか、と漢字まで「亡」に変えられてしまった……。

お店の仕事に一息つくと、おばあちゃんはいつもそういうウンチクを話してくれる。受験には、もちろん、決して、断じて、未来永劫《みらいえいごう》、出題されないものばかりだ。

でも、おばあちゃんは胸を張って言う。

「よっちゃんは、学校で教えてもらえない大切なことを、ここでたくさん勉強してるんだからね」

それがなんなのか、わたしにはよくわからない。おばあちゃんも「大切なことは一言では言えないから大切なんだよ」と、もっと胸を張って言うだけだ。

ただ、部活のテニス部はランニングがキツくて一週間でやめてしまい、英会話の通信講座もテキストを買っただけで挫折《ざせつ》してしまった根性なしのわたしが、『峠うどん』のお手伝いだけはしっかりと、両親の反対を押し切ってまでつづけている。

なんで――？　「よっちゃんが根っから、うどん屋に向いてるってことなんだよ」と跡継ぎ確定に喜ぶおばあちゃんが言うほど単純ではないと思うし、「要はお小遣いが欲しいだけなんだろ？　しょうがないなあ、ほんとに」とお父さんがぼやくほどセコくもないつもりだけど、あらためて理由を考えてみると、やっぱりよくわからない。

わからないまま、とりあえず今夜もお店に出かけることにした。

お父さんの「ぜーったいに来ちゃだめだ」を忘れたわけではない。でも、状況が変わったのだ。緊急事態になったのだ。大友くんみたいなガキっぽくてうるさい子が『峠うどん』に来たら、ほかのお客さんに大迷惑になってしまう。おじいちゃんやおばあちゃんにも、ずうずうしく「俺、野島の同級生なんですよ。なんかサービスしてください」と言いだすかもしれない。

止めなければ。防がなければ。『峠うどん』ならではの雰囲気を守らなければ。

『峠うどん』には、残念ながら、斎場で働くひとや葬祭会社のひとたちを除くと常連客《じょうれんきゃく》は数少ない。それはそうだ。ふつうの人生を歩み、ふつうの生活を送っていれば、お通夜やお葬式に参列することじたいめったにないわけだし、「あのお通夜のあとに寄ったうどん屋、うまかったなあ、もう一回食べたいなあ。今度の日曜日に家族で行ってみるか」と盛り上がることもないだろう。

一期一会《いちごいちえ》なのだ。

「それでいいんだよ、寄り道しなきゃ気持ちがおさまらないようなお葬式が一生のうちに何度も何度もあったら困るだろ？」

おばあちゃんはさばさばと言う。

「でも、一生に一度あるかどうかのやりきれない日なんだから、一生に一度食べられるかどうかのおいしいうどんを食べてもらいたいじゃないか。お客さんが悲しみにひたる邪魔をしないようにして、でも、帰るときにはおなかをうどんで温めてもらって……そういうお店になりたいの、ウチは」

ねえ、そうだよね？　と厨房《ちゅうぼう》を振り向いて声をかける。おじいちゃんの返事はなくても、ケロッとした顔でわたしに向き直って「そうだ、って」と笑う。そんなおばあちゃんのことが、わたしは子どもの頃から大好きだから、とにかく、なにがあっても、『峠うどん』の雰囲気を壊してしまうようなことは阻止《そし》しなければならないのだ。

3

学校が終わると、制服のままバスを乗り継いでお店に向かった。お母さんにはケータイからメールを送って、そのまま、知ーらないっ、と電源を切っておいた。

厨房で天ぷらの下ごしらえをしていたおばあちゃんは「あらあら、やっぱり来ちゃったんだね……」と微妙な困り顔でわたしを迎えてくれた。お母さんからの「よっちゃんは行かせませんから」という電話は昼間のうちに受けていたものの、「どうせあんたのことだから無理やり来ちゃうんだろうと思ってたんだよ」――とは言いながら、来てくれてありがとう、大歓迎だよ、という様子でもない。

「お父さんのことは、おばあちゃんも聞いてるよね？」

「うん、さっき本人からも電話があったから」

小上《こあ》がりの座敷《ざしき》席を予約した。お通夜に参列した同級生を何人か連れてくるらしい。やっぱり寄ることにしたんだな、と少しほっとした。焼香だけでさっさとひきあげるなんて、昔の同級生としてあまりにも冷たい。

「じゃあ、けっこうしんみりしちゃうね」

「そうでもないみたいよ」

おばあちゃんは軽く言った。「お通夜のついでに同窓会の打ち合わせをするって言ってたから」

「はあ？」

「せっかくだから少し話をしてから解散しようかって」

せっかく、って。

「同じ市内っていっても、みんな仕事も忙しいし、こういうときでもないとなかなか集まれないからね」

こういうとき、って。

わたしは前につんのめるように「なにか言ってなかった？　亡くなった河合さんのこと」と訊いた。

「びっくりしてたね、さすがに」

「それだけ？」

「人間ドックに入らなきゃって言ってた」

「……あとは？」

「マイタケの天ぷらとギンナンを煎《い》ったのをリクエストされたよ。あの子、子どもの頃から、じじくさいものが好きだったから」

唖然《あぜん》とするわたしをよそに、おばあちゃんは「じゃあ、さっさとごはん食べちゃいなさい」

と、早めの夕食を手際よくテーブルに並べていった。かやくごはんとお吸《す》い物《もの》、酒の肴《さかな》でもある板ワサとホウレンソウのお浸《ひた》しに、今夜は鶏の唐揚げもついていた。

「唐揚げ、出すの？」

「うん……ほら、今夜は若い子の亡くなったお通夜もあるでしょ。友だちもたくさん来るはずだから、油っこいものも要るわよ、やっぱり」

　そういう細かいフォローをせずにはいられないのが、おばあちゃんだ。

　一方、おじいちゃんは厨房の奥で、つゆの仕上げに余念がない。わたしが来たことに気づいているはずなのに、こっちには目も向けずに昆布《こんぶ》とカツオでだしをとっている。鍋の中でカツオ節をどこまで踊らせてから火を止めるかで、だしの味わいはまったく変わってしまうのだ。『峠うどん』のつゆは、一週間寝かせた返しに、だしを合わせた関東風――つけつゆの仕上げにほんのちょっと、みりんを足す。その「ほんのちょっと」にも、職人の意地と誇りがある。天気を見て、気温を見て、湿度を見る。うどんの打ち具合や茹《ゆ》で具合はもちろん、粉に練り込む水や塩の量まで、毎日、というより午前と午後、いやもっと細かく一時間ごとにミリグラム単位で微調整しなければ、ほんとうにおいしいうどんはつくれないのだという。

　でも、お通夜やお葬式帰りのお客さんは、そのうどんをいったいどこまで本気で味わっているのだろう。あらためて考えると、悔しくて悲しくなってしまうから、なるべくそこは考えないようにしている。

　今日もおじいちゃんは黙々と、静かな気迫を背中にみなぎらせて、つゆを仕込んだ。

そして、わたしが夕食をほとんど食べ終えた頃になって、やっと「よっちゃん」と言った。ただし、顔は向けない。洗い物にとりかかった手も休めない。

「あ、おじいちゃん、お疲れさまでーす」

わたしは遅ればせながらの挨拶《あいさつ》をして、「助《すけ》っ人《と》に来ましたー、今日もよろしくお願いしまーす」と愛想《あいそ》良く言った。でも、おじいちゃんは振り向きもせず「うん……」と応えるだけだった。まったくもって無愛想。おばあちゃんは「あれでもよっちゃんのことはかわいくてしかたないんだよ」と言うものの、笑った顔を見せることすらめったにないというのは、客商売以前に社会人として問題があるんじゃないか、と思う。

そんなおじいちゃんだから、話しかけてくるときも背中を向けたまま、前置き抜き――。

「今日はもういいから、メシ食ったら帰れ」

「え?」

「手伝いしなくていいから、帰れ」

「だって、今夜忙しいんでしょ?」

「だいじょうぶだ」

しわがれてドスの利いた声で、結論だけを有無を言わせない口調で繰り返す。

わたしはおばあちゃんと顔を見合わせて、どういうこと? と目で訊いた。

おばあちゃんもびっくりしている、はずだった。おじいちゃんに「なに言ってるの、せっかく来てくれたのに」と言い返してくれる、と期待していた。

　でも、おばあちゃんは複雑な表情をしていた。確かにびっくりはしていても、心のどこかで覚悟していた――「なんでそんなこと言うの？」ではなく、「あーあ、やっぱり言っちゃったんだなあ」という声が、聞こえないけど、伝わった。

　その表情のまま、おばあちゃんはわたしに言った。

「よっちゃん、今夜は厨房でがんばってくれる？」

　食器を洗ったり、薬味《やくみ》を載《の》せたり、小鉢《こばち》のおかずを取り分けたり、という裏方仕事だ。難しくもなんともないし、お客さんへの気づかいも不要。お手伝い初心者だった一年生の頃に戻ってしまったことになる。

　おばあちゃんはわたしの不満顔をかわして厨房を振り向き、「ね、それだったらいいでしょ？」とおじいちゃんに声をかけた。

「……じゃあ、わかった」

　まるでお許しを求めているみたいなおばあちゃんの口調にも、いかにもしぶしぶといった様子のおじいちゃんの返事にも、ムッとした。

「ちょっと待ってよ、おばあちゃん一人でお客さんの相手するわけ？」

　それが大変だから助っ人を頼んできたはずなのに。

「わたしがお店に出て、おばあちゃんが厨房をやったほうがいいんじゃないの？」

　今夜はこの秋一番の冷え込みになりそうだ、と天気予報で言っていた。最近膝《ひざ》の調子があまりよくないおばあちゃんには、あまり動かずにすむ厨房で、ときどき椅子《いす》に座って休みながら仕事をしてほしい。

おばあちゃんも孫娘の優しさにホロッと来たのか、そうねえ、そうだよねえ、と相槌《あいづち》を打ちかけた。ところが、そこにおじいちゃんがぴしゃりと「よっちゃんは厨房だ」と言う。「それが気に入らないんだったら、さっさと帰れ」

「なに、それ」

「帰るんでも手伝うんでもいいけど、もう五時過ぎてるんだから、早くしろ」

問答無用《もんどうむよう》で話を終えるために蛇口をいっぱいに開いたのだろう、洗い物をする水の音がひときわ高くなった。

言いたいことはいくらでもあるし、その前に訊きたいこともたくさんある。でも、おじいちゃんの言うとおり、時刻は午後五時を回っている。斎場でのお通夜は六時から七時までだから、そろそろ参列者が来る頃だ。帰りがけに『峠うどん』に寄るお客さんが大半でも、熱々のうどんで元気を出してから焼香に向かうひとだって、特に寒くなる季節には少なくない。

夕食の食器を急いで片付けると、厨房の裏の座敷に上がった。明日出す「きつね」のお揚げを煮ていたおじいちゃんの脇を通るときにはプイッと顔をそむけたけど、おじいちゃんは素知《そし》らぬ顔で——無視したというより、そもそもお揚げのほうに夢中で、わたしが通ったことにも気づかなかったのかもしれない。

おじいちゃんは、うどんとつゆだけでなく種物《たねもの》の種にもこだわる。特にお揚げとかき揚げの天ぷらは、長年の相棒のおばあちゃんにも決して手を出させない。お揚げ全体がふわっとふくらんだ瞬間を逃さずに鍋から引き上げ、団扇《うちわ》の風で粗熱《あらねつ》を素速くとったあとは一晩がかりで特製のだしの味をじっくりと染《し》ませていく。おだしの味はもちろん、鍋から出すタイミングや粗熱をとる早さも、日替わりで微調整しているのだ。

でも、せっかくのこだわりのお揚げも、本気で味わってくれるお客さんは、たぶん、そんなに多くはないだろう。

座敷で学校の制服のブレザーを脱ぎながらため息をつくと、おじいちゃんへの腹立たしさも少し薄れる。入れ代わりに、やっぱり悲しさや悔しさが湧いてくる。

デニムの作務衣《さむえ》に着替え、襟元《えりもと》を整えていたら、引き戸が開いた。

金髪《きんぱつ》に喪服姿のヤンチャそうなお兄さんたちが、怖い顔をしてどやどやと店に入ってきた。おばあちゃんが注文を取る間もなく、つづいて、黒い喪章《もしょう》をつけた背広姿の中年サラリーマンが二人連れで、うなだれて入ってきた。

よし、がんばろう。あねさんかぶりにしたバンダナをキュッと結んだ。

斎場でお通夜が営まれる夜は、忙しさのピークが三度ある。

お通夜が始まる前の最初のヤマが過ぎると、お店も一息ついた。

六時前にお店に来たお客さんは、ほとんどが大友くんのハトコ――リュウジさんのお通夜の参列者だった。みんな暴走族。ガラが悪くて怖い。斎場の駐車場にも暴走族仕様の自動車やバイクが何台も停まって、アクセルの空ぶかしをしたり、三連ホーンをむやみに鳴らしたり、大きな音で音楽を流したり……と騒然《そうぜん》としていた。

でも、皆さん、店内では拍子抜けするほど静かだった。連れ立って席についても、話し声は聞こえない。おばあちゃんの読みどおり、うどんに鶏の唐揚げをつけた日替わりセットの注文は多かったけど、お肉を食べて元気を出して……という感じではなく、黙々とうどんを啜り、唐揚げをかじって、食事が終わると一服《いっぷく》する間もなく席を立ってしまうのだ。

そんななか、おばあちゃんはお通夜のあとのみんなの予定をさりげなく聞き出していた。焼香を終えると、暴走族仲間は朝まで国道を走りまくるのだという。いわゆる「集会」「暴走行為」というやつだ。

「はた迷惑な話だけど、こういうときには一晩中ヤンチャをしないとおさまらないよね、あの子たちも」

おばあちゃんはみんながひきあげたあと、第二のピークに備えて薬味のネギをせっせと刻みながら、「今夜ぐらいは警察も大目に見てあげてほしいよねえ」と言った。

わたしはおばあちゃんの隣で、同じく薬味のショウガをすり下ろしながら、「泣くかなあ、みんな」と言った。お店の中では誰も泣いていなかった。もちろん、仲間を不慮の事故で亡くした悲しみは、胸からあふれるほどあるはずだ。ただ、その悲しみを、どうあらわせばいいのかわからない。『峠うどん』には、そんなお客さんばかりが集まってくるのだ。

「泣く前に怒るね、あの調子だと」

「そう?」

「あとは、笑っちゃうかもね」

「……そう？」

「ま、よっちゃんにはまだわかんなくていいから」

それより手が止まってるよ、早く早く、とせかされた。

わたしはあわてて、チビたショウガをつまみ直す。

「どっちにしてもあの子たちは帰りには寄らないわけだから、よっちゃんのお手伝いも、もういいかなあ」

いつもなら、最初のヤマを乗り切ったところでお手伝いは終わる。急いで着替えて六時台のバスに乗れば、帰宅は七時半過ぎ。中学二年生の帰宅時刻としては、まあ、なんとかぎりぎりセーフといったところだ。

でも、まだ大友くんもお父さんも来ていない。

次のピークは、お通夜が終わった直後になる。時刻でいえば七時過ぎから三十分ほど。通夜ぶるまいを遠慮したひとたちが、それでもまっすぐ帰る気にはなれずに、『峠うどん』の暖簾をくぐるのだ。さらに三度目のピークは、通夜ぶるまいに少し顔を出したあと、うどんよりも、むしろお酒をもう一杯だけ……というお客さんが来る八時半頃。

「ショウガがすんだら、もういいよ、服着替えておいで」

「うん……」

「どうしたの？」

おじいちゃんは店の外に出て、空模様や冷え込み具合を確かめている。それによってつゆの味やうどんの茹で時間の最後の微調整をするのだ。

「あのね、おばあちゃん」――おじいちゃんが戻ってくる前に言おう。

「お父さん、どうせタクシーだよね。わたしもそれで一緒に帰っていい？」

おばあちゃんは「うーん……」と眉《まゆ》をひそめた。無理もない。『峠うどん』の営業時間は、終《しゅう》バスの時刻に合わせて夜九時半まで。そこから大急ぎで帰り支度をして、うまいぐあいに斎場に空車のタクシーが待っていたとしても、帰宅は十時を回ってしまう。

でも、わたしは両手拝みで「お願いっ」と頼み込んだ。

大友くんはともかく、お父さんがどんなふうにお酒を飲んでうどんを食べるのかは、どうしても見ておきたい。河合さんが亡くなったことが、ほんとうに悲しくないのか、それともやっぱり本音では悲しんでいるのか、それをこの目で確かめたかった。

なんで――？

うまく理屈を通して説明することはできなくても、今夜お父さんがわたしの前でどんな姿を見せるかが、これからの父親と一人娘との関係を決めてしまいそうな気もするのだ。

おばあちゃんも、「じゃあ、わかった」と言ってくれた。「あとでお母さんには、おばあちゃんのほうから電話しといてあげる」

話がまとまったタイミングで、おじいちゃんが店に戻ってきた。吐く息が白い。作務衣の上にジャンパーを羽織っていても、店に入るなり、ぶるっと身震いした。

「どうだった？　やっぱり寒そう？」

おばあちゃんが訊くと、例によって無愛想に「寒い」とだけ答え、ジャンパーを脱ぎながらつづけた。

「小鉢、多めにな」

それはつまり、酒の肴がたくさん要る、ということだった。おばあちゃんも「寒いんだったら、お銚子《ちょうし》も用意しなきゃね、あと魔法瓶《まほうびん》にお湯も」と言う。お燗《かん》をつけた日本酒や焼酎《しょうちゅう》のお湯割りを頼むお客さんが多そうだ、と読んだのだ。

おじいちゃんはさらに「お銚子、奥の棚のやつも出しといてくれ」と言った。ふだん使っているお銚子だけでは足りないほどお酒のお代わりが多いだろう、ということだ。

「あ、それはだいじょうぶ。もう出して、水洗いもすませてるから」

おばあちゃんもちゃんと心得ている。そういうところの阿吽《あうん》の呼吸《こきゅう》は、孫から見てもたいしたものなのだ。

「小鉢は酢の物がよく出るかもねえ。クモ膜下出血って、要するに高血圧でしょ？　血圧を下げるにはお酢がいいっていうから」

「……そこまで考えんでもいい」

一言多いのだ、おばあちゃんは。

「血圧だったらお蕎麦《そば》がいいのよね、ルチンっていうんだっけ。ウチもお蕎麦があると、そういうお客さんも……」

「うどん屋だ、ウチは。蕎麦を食いたきゃ蕎麦屋に行け」

二言多いのだ、おばあちゃんはいつも。

そして、おじいちゃんは、とにかくうどん一筋。どんなに勧められても、決してお蕎麦をメニューに加えようとはしない。

そんなおじいちゃんのうどんを、ほんとうはみんなにしっかり味わってほしい。お酒なんて飲まずに、うどんのコシとつゆの風味をじっくり堪能《たんのう》してほしい。でも、それは、『峠うどん』が斎場の真ん前にあるかぎり、無理な話なのだろうか……。

悔しさと悲しさがまた胸に込み上げてきて、わたしは思わず言った。

「そんなにお酒を飲ませなくていいんじゃない？」

おばあちゃんだけでなく、おじいちゃんも珍しく、わたしのほうを怪訝《けげん》そうに見た。

「だって……ウチはうどんのお店なんだから。本気で飲みたいんだったら、街に下りて居酒屋とかで飲めばいいでしょ」

われながらじつに正しい意見だったのに、おばあちゃんには「お酒は原価率が低いからね、お店としては利幅《りはば》があって助かるの」と笑ってかわされた。本気の答えではないのはすぐにわかったから、今度はおじいちゃんに訴えた。

「おじいちゃんもイヤじゃないの？　うどんじゃなくてお酒が主役になっちゃうのって」

おじいちゃんはもうこっちに背中を向けて、返しの仕込みに取りかかりながら、そっけなく一言——。

「店の主役は、お客さんだ」

正しすぎる。だから、わたしもつづく言葉に詰まって黙り込んでしまう。おじいちゃんというひとは、なんというか、話を決してはずませない低反発枕《ていはんぱつ》のようなひとなのだ。

さっきとは別の意味で、悲しくて悔しくなった。

「そんなにお酒なんて飲まないよ、どうせ」

「そう?」とおばあちゃんが聞き返す。

「だって、河合さんっていうひと、あんまり友だちがいなかったって。仲のよかったひとや、おとなになってからの友だちは、みんな通夜ぶるまいに出るし、もっと飲みたかったら街のお店に行くでしょ?　ウチに来るのって、お父さんみたいに半分義理でお通夜に出てるだけのひとばっかりだから、フツーにお酒を一杯だけ飲んで、フツーにうどん食べて、で、フツーに帰っちゃうんじゃないの?」

おばあちゃんは最初は怪訝そうに、途中からはあきれ顔になって、最後に苦笑交じりに言った。

「そういうひとばっかりだから、お酒がたくさん出るよ、って言ってるの」

おじいちゃんを振り向いて、ねえ、と言う。

鍋にみりんを注いでいたおじいちゃんは黙ったままだった。

そうじゃない、とは言わなかった。

4

午後八時前、大友くんがお店に入ってきた。

やっぱり来ちゃったんだな、とわたしは厨房で顔をしかめた。大友くんが勝手に決めた「特別サービス」のことはまだ話していない。おばあちゃんなら孫娘のメンツのためになんとか考えてくれると思うけど、おじいちゃんはきっと許さないだろう。ケチなのではなく、「特別に」とか「知り合いのよしみで」というのをなにより嫌う性格なのだ。

大友くんは一人だった。家族は来ないのだろうか。焼香をすませて、大友くんだけ先にバスで帰宅することになって、ウチに寄ったのだろうか。

お店には小上がりの座敷とテーブル席のほかに、真ん中に大きなテーブルがある。団体さんというより、一人客のために設けた席だ。座敷もテーブル席も空いていたけど、大友くんは遠慮がちに店内を見回すと、ここでいいのかな、いいんだろうな、といった表情で一人用の席についた。

意外とおとなしい。いつもはとにかくガキっぽくて、うるさくて、言いたいことをズケズケ言って、下品《げひん》でくだらないギャグにかぎってバカ笑いする子なのに、いまはなんだか居心地《いごこち》悪そうに、おどおどとして、迷子になったあげくウチにさまよい込んできたみたいだった。

「あの子、中学生だね」

おばあちゃんがお茶とお手ふきの用意をしながら言った。「あの制服って、よっちゃんと同じ学校？　違う？」

わたしは、「さあ……よく見えないから、わかんない」と曖昧《あいまい》に首をかしげて、また大友くんの様子を盗み見た。

ガキっぽいぶん好奇心旺盛《こうきしんおうせい》な大友くんだから、どうせ席についてもちっとも落ち着いていないだろうと思い込んでいた。あっちを見たりこっちを見たり、テーブルの上のメニューを手に取ったり、爪楊枝《つまようじ》を抜いたり箸《はし》を出したり、わたしを探して厨房を振り向いたり……というのが目に浮かんでいたのに、実際には全然違った。

動かない。椅子に座って、うつむきかげんにテーブルを見つめて、それっきり身じろぎもしない。

うそ、とわたしは思わずつぶやきそうになった。肩を落とした大友くんの姿は、『峠うどん』に来るおとなのお客さんと同じだった。

亡くなったリュウジさんのことを思って、落ち込んでる――？

学校では、あんなヤツどうでもいいよ、と笑っていたのに。ふだんどおり、というより、ふだんよりさらにガキっぽく騒いでいたのに。

おばあちゃんが注文を取りに行っても気づかず、声をかけられてやっと顔を上げた。注文の声も聞こえない。ただ、おばあちゃんは伝票にペンを走らせていたから、頼むことは頼んだのだろう。

でも、おばあちゃんは伝票に注文を書きつけたあとも立ち去らず、大友くんになにごとか話しかけていた。大友くんは緊張した顔で、うなずいたり首を横に振ったりするだけだったけど、おばあちゃんのおしゃべりはその程度では止まらない。よけいなこと言うんじゃないかなあ、と心配していたら、あんのじょう、おばあちゃんは「あらそう、東ヶ丘中学なの？　何年生？　二年生？　やだ、じゃあウチの孫と同級生になるんじゃない？」と声をあげて、厨房を振り向いた。

「よっちゃんよっちゃん、ちょっとこっちおいで、東ヶ丘中のお友だちだよ」

おばあちゃんはさらにおじいちゃんにも「友だちが来たんだから、お店のほうに出ても、いいわよね」と声をかけ、返事も待たずに「よっちゃん、ほら、おじいちゃんも特別にいいって言ってくれてるよ」と手招いた。

先客のうどんを茹でていたおじいちゃんは、寸胴鍋《ずんどうなべ》から目を離さずに咳払《せきばら》いをした。いかにも不機嫌そうな濁った咳だったけど、顎《あご》をしゃくって、行ってこい、と伝えてくれた。

立ち話で「どーも」「じゃあね」だけでいいと思っていたのに、おばあちゃんは大友くんの隣の席にわたしを無理やり座らせると、あー忙しい忙しい、と小走りに厨房に戻ってしまった。

おばあちゃんがいなくなっても、大友くんの元気のなさは変わらない。わたしと目も合わさず、ぼうっとした顔でテーブルを見つめているだけだった。

放っておいてあげたほうがいいのかもしれない、とは思う。でも、そういうときだからこそ黙ったままではいられないのが、おばあちゃん譲りなのだろう。

「お父さんとかお母さんは？」

わたしはテーブルの木目を目でなぞりながら訊いた。

大友くんもテーブルを見つめたまま、少し間をおいてから答えた。

「メシ食ってる、っていうか、酒飲んでる」

「斎場の中で？」

「うん、宴会場みたいな畳の部屋あるから」

「……宴会場じゃないって」

うまく笑えなかった。

「で、大友くんは先に帰るの？」

「だって、いてもしょうがないし、明日学校だから、バスで帰る」

次のバスは、八時半に斎場前のバス停を出る。うどんを食べてから店を出れば、ちょうどいいタイミングだ。

「焼香したの？」

「した」

「やり方、ちゃんと覚えてた？」

「覚えてた」

「あ、そう……よかったね」

「うん……」

話が途切れた。さっさと席を立ってしまいたくても、そのきっかけが見つからない。「あっち行けよ」と言われたほうが気が楽なのに、大友くんも黙って、テーブルを見つめたままだった。

沈黙が気詰まりになって、わたしは言った。

「あ、そうだ、特別サービス、なにがいい?」

墓穴《ぼけつ》を掘ってしまった。でも、しょうがないや、もういいや、「なにかリクエストあるんだったら、聞いてあげてもいいけど」とつづけると、少し胸がすっとした。

大友くんは首を横に振って、「いらねーよ」とぶっきらぼうに言った。

ムッとしたのに、ついこっちのほうがお願いするみたいに「鶏の唐揚げ、いらない?」と訊いてしまった。「あと、かやくごはんもあるけど」

「いらねーって言ってるだろ」

「おなか空いてないの?」

「うっせーなあ……」

「ウチってうどんもおいしいけど、かやくごはんも人気あるんだよ」

なにを言ってるんだろう。どうしてこんなに低姿勢になってしまったんだろう。自分でもよくわからない。

「いらねーよ、腹減ってないから、もういいからあっち行けよ」

しっしっ、と追い払われた。だったら、こっちも「はいはいはい」と冷ややかに応えて席を立てばいい。頭ではわかっているのに、体が動かない。大友くんもそれ以上はなにもせず、なにも言わずに、ただじっとテーブルを見つめる。

店の外が騒がしくなった。斎場の駐車場から暴走族の皆さんが出発したのだ。けたたましいホーンやエンジンの音が店の中にも響きわたる。

その騒音にまぎらすように、大友くんがなにか言った。全然聞こえない。わたしは耳の後ろに手をあてて、「ごめん、聞こえない！」と声を張り上げた。

大友くんも怒鳴り声で「みんな、すげえ泣いてた！」と言った。「ゾクのくせに、うわんうわん泣いてて、怒ってた！」

聞こえた。そして、大友くんが言いたいことも、おばあちゃんからちらっと聞いた「泣く前に怒る」という意味も、なんとなくわかったような気がした。

「大友くんは？」

「え？」

「大友くんは、泣いたの？　怒ったの？」

初めてこっちを見た大友くんは、目が合うと寂しそうに笑って、「そんなの無理だよなあ」と首を横に振った。「顔も覚えてない親戚なんだもん、泣いたら嘘《うそ》っぽいし、べつに俺が怒る筋合いもないし……」

それは確かにそうなのだ。でも、「ずーっと別のこと考えてたよ、お経《きょう》聞きながら」と言う大友くんの顔は、ちゃんと悲しそうな顔をしていた。うまく悲しめないという悲しみが、しっかり伝わった。だから、わたしは「ひどーい、人間としてサイテーなんじゃない？」と笑ってあげた。「うっせー、ばか」と言い返す大友くんは微妙にホッとした様子だったし、わたしのほうも、それでだいぶ楽になれた。

ほどなく店の外は静けさを取り戻し、おばあちゃんがうどんを持ってきた。

「はい、お待たせえ……」

かけうどんだった。薄いカマボコとネギだけ。メニューの中で一番シンプルで、値段も一番安い。ただし、おばあちゃんに言わせると、ほんとうにうどんのことをわかっているひとは、うどんとつゆの両方をストレートに愉しめる「かけ」を頼むのだという。

大友くんは給食のときみたいに軽く合掌《がっしょう》をしてから食べはじめた。見るからに食べ方に元気がない。うどんを啜る勢いも弱く、一本ずつ箸で口に送り込んでいる。

ふだんのおばあちゃんなら、こういうときに黙ってはいられない。「あんた、食べ盛りなんだから、もっと、こう、ガーッと気合を入れて食べなさいよ」とか、「そんなのじゃ、うどんに負けちゃうよ。ものを食べるってことは、その料理と対決するってことなんだからね」とか、さんざんハッパをかけるところだ。

でも、おばあちゃんは大友くんの様子をちらりと見ると、なるほどね、という顔になってうなずいた。わたしにも厨房に戻れとは言わない。それどころか、席を立とうとするわたしを目で制し、あんたはそこにいなさい、と一人で厨房に戻りかけた。

そこに、お父さんが来た。団体さまだった。みんな同級生なのだろう、似たような年格好のおじさんやおばさんが十人以上。

お父さんはわたしに気づくと、まず最初にびっくりした顔になり、次に叱《しか》るような目でにらんできた。でも、もう、いまさら遅い。お父さんもプイッと顔をそむけて、小上がりの座敷に向かった。

靴を脱ぎながら「ビールビール、あと酒もどんどん持ってきて」と厨房に声をかける、その口調が妙に明るかった。お父さんだけではない。みんな、ご機嫌というか、陽気というか、絶え間なくおしゃべりをして、笑い声もあがる。

「お通夜……だよな、あのひとたち……」

大友くんは怪訝そうに言った。非常識な元気のよさを咎《とが》めているような言い方だったので、わたしはお父さんの存在を隠して「なんなんだろうね」と苦笑した。

「酔っぱらってるのかな」

「そんなはずはないと思うけど……」

時刻からすると、ちょうどお通夜が終わった頃だ。焼香がすんだあともお坊さんがひきあげるまではその場に居残って、通夜ぶるまいは遠慮してウチに来た、というところなのだろう。

要するにシラフなのだ、皆さん。ついさっきまでは神妙《しんみょう》な顔でお経を聞いていたはずなのだ。でも、座敷の卓を二つくっつけて窮屈《きゅうくつ》そうに座り、みんなでビールやお酒や肴の小鉢を回す様子は、ほとんど宴会の二次会みたいだった。

「どこのお通夜のひとなんだろうな」

「クモ膜下出血で急に亡くなったひとがいるから、そのひとの……」

「ヒンシュクだよな、サイテー、ああいう騒ぎ方」

まったくそのとおり。こっちのほうが申し訳なくなってしまう。

「あのおっさんたち、死んだひとの友だちなのかなあ」

「……かもね」

「でも、全然泣いてないよな」

ほんとうだ。涙ぐんでいるひとは誰もいないし、お通夜のときに泣いた名残《なごり》があるひともいない。

お父さんが立ち上がって、「よし、みんなコップあるよな？」と一同を見回した。わたしは思わずうつむいてしまう。目が合うのを避けたというより、お父さんの顔を、いまは見たくなかった。

「じゃあ、とりあえず、河合くんのために……けんぱーい！」

「献杯《けんぱい》」は静かに言うべきだ。音を伸ばすものではないし、びっくりマークも要らないし、コップを高々と掲げなくてもいい、というか、掲げてはいけないのだ。その前に、「とりあえず」はないと思う、いくらなんでも。

お父さんがこんなに非常識で不謹慎なひとだとは思わなかった。しかも、皆さんも「けんぱーい！」と元気いっぱいに唱和して、グラスをカチンとぶつける音まで聞こえた。

ひどい。さすがに河合さんがかわいそうになった。大友くんも「信じられないなあ……」とつぶやいた。あの中にわたしの父親がいるのだと知ったら、しかも騒がしさの中心人物なんだと知ったら、わたしまで大友くんに軽蔑《けいべつ》されてしまうかもしれない。お父さんがわたしに「絶対に来るな」と言った理由や、おじいちゃんがわたしを早く帰らせたがった理由が、やっとわかった。まったくもってサイテーきわまりない理由だったのだ。

献杯を終えてからもお父さんたちはにぎやかだった。よくしゃべって、よく笑って、よく飲んで、よく食べている。

でも、しばらく様子を見ていて、気づいた。みんな元気で明るくても、こっちに伝わってくるのはにぎやかさだけだった。そのにぎわいの根っこにあるはずの楽しさが、ちっとも感じられない。

から騒ぎ――？

いや、もっとぴったりする言葉が浮かんだ。

お父さんたちはみんな、やけっぱちで騒いでいるのだ。

5

「うどんって、手打ちしたのを買ってるの？」

大友くんに訊かれて、ううん、まさか、冗談やめてよ、とわたしは首を大きく何度も横に振った。

「おじいちゃんが毎日ここで打ってるんだよ」

「へえ……」

「コシがあって、もちもちしてて、おいしいでしょ?」

「まあ、うまいかな」

口ではひねくれながらも、意外と素直なしぐさでうなずいた。お父さんたちがあまりにもにぎやかなので、かえって落ち込んでいた気持ちがなごんだみたいだ。

「おつゆもおいしいんだよ。おじいちゃんの職人技だから」

ふうん、と興味なさそうに応えながら、どんぶりを傾けて一口啜ると、「けっこう好きかも、この味」と笑った。店に来てから初めての笑顔だったかもしれない。

その調子でもっと食べてほしい。まだうどんもつゆもたっぷり残っている。うどんが伸びないうちに、つゆが熱々のうちに、おじいちゃんが魂《たましい》を込めてつくったかけうどんを味わってほしい。

でも、大友くんの元気が戻ったのも、そこまでだった。笑顔が寂しそうになって、箸が止まる。ため息とともに箸をどんぶりの上で置いて、ぽつりと言った。

「俺さ……リュウジってヤツのことは全然どうでもいいんだけど、なんか、びっくりしちゃって」

「なんで？」

「ウチの母ちゃんとか親戚のおじさんとか、みんな泣いてんだよ。ゾクの友だちが泣くのはわかるんだけど、母ちゃんなんて、あんなヤツのために絶対に泣かないと思ってたんだよ。斎場に行く車の中でもリュウジの悪口ばっかり言ってたんだから」

「でも、泣いちゃった？」

「うん、大泣き」

お通夜が始まる前、棺《ひつぎ》の中のリュウジさんと対面した瞬間、号泣した。あとはもうずっと泣きどおしだった。お母さんだけではなく、参列したおとなたちはみんな、涙にくれていた。

「最初はみんな義理で嘘泣きしてるのかと思ったんだけど、違うんだよ、マジで大泣きしてるの」

それを見て、大友くんはどうしていいかわからなくなってしまった。

「俺もリュウジの顔見たんだけど、死体見るのって初めてだろ、なんか、怖いっていうか、気味悪いだけで、べつになんにも感じなかったんだよ。だから、俺、自分がすげえ冷たい人間かもしんないって気がして……」

そして、「おとながあんなに泣いてるの見たのも、俺、生まれて初めてだった」とつぶやいて、がっくりとうなだれてしまった。横顔はしょんぼりしていても泣きだしそうな気配はない。でも、さっきよりさらに深い悲しみが、確かにある。

うまく悲しめないことが、一番悲しいこと――。

ちゃんと泣けないことが、一番泣きたいこと――。

わたしは席を立って、厨房に入った。大友くんを一人にしてあげた。歩きながら座敷をちらりと見ると、お父さんと目が合った。

お父さんはあわててそっぽを向いて、隣に座った友だちの背中を叩《たた》きながら、わははははっと大げさに笑った。

さっきからほんとうにうるさい。でも、おばあちゃんはなにも言わず、おじいちゃんも締めのうどんの注文に備えて、寸胴鍋のお湯の沸き具合を無言で見張っている。

お父さんたちも大友くんと同じなのかもしれない。うまく悲しめないから、陽気にはしゃぐしかないのかもしれない。

ケータイ番号を交換していた。ケータイで写真も撮りはじめた。同窓会の話は本格的に盛り上がっている様子だった。

それでも、やっぱり、誰も楽しそうではなかった。


八時二十分。バスの時間まであと十分になったけど、大友くんはどんぶりの上の箸に手を伸ばそうとしない。

半分残ったうどんは、そのままになるのだろうか。しょうがないよ、こういうときには食欲なんてないよ、と心の半分では納得していても、やっぱり最後まで食べきってほしい。

厨房から出て、「しっかりしなさいよ！」とハッパをかけてやりたい気持ちも、ないわけではない。でも、そんなことを言ったらサイテーだよね、とも思う。

八時二十二分。まだ箸を手に取りそうな気配はない。

八時二十五分。もうだめかもしれない、とあきらめかけたとき、背中をツンツンとつつかれた。振り向くと、おばあちゃんが「これ、友だちに持って行ってあげなさい」と小鉢を差し出した。小鉢の中身は、割り入れた生卵――月見うどんの卵だった。

「もうすぐバスが来ちゃうんだから、卵、パッと入れて、かき玉にしてもいいし、そのまま啜ってもいいから、バーッと食べて、ゴクゴクーッておつゆ飲んで……しょっぱいけどね、塩分もだいじなの、元気出すときはね、しょっぱいものが大事なの。あとは卵、人間ってね、うどんやおそばやラーメンやごはんに卵を一個落とすだけで元気になるの、パワーが出て、スタミナもつくの」

ほら、時間がないんだから、早く持って行ってあげなさい、と急《せ》かされた。ほらほらほらほら、と背中まで押された。

ワケのわからないまま厨房を出て、ワケのわからないまま大友くんの席までダッシュして、ワケのわからないまま「これ、特別サービス！」と卵をどんぶりに入れた。大友くんは唖然《あぜん》としていたけど、こっちだって、ほんとうにワケがわからないのだ。おばあちゃんの勢いに圧《お》されて、巻き込まれて、「ほら早く！　時間ないんだから！　もうすぐバス来ちゃうよ！」と急かす口調もおばあちゃんみたいになってしまった。

そして、そういう勢いというのは、うつるのだ。大友くんもワケのわからないまま、「ちよ、ちょっと待って、すぐ食っちゃう、食っちゃうから」と大あわてで箸を取って、うどんとつゆと卵をまとめてズルズルズルッと啜り込んだ。

一口食べたら、あとはもう止まらない。途中で卵の黄身を箸でくずし、白身もつゆに溶いた。熱々だったつゆも、それで温度が下がって飲みやすくなる。卵をからめたうどんをたいらげると顔を上げてハナを啜り、わたしを見て、「マジ、うまい」と笑った。さっきよりずっと元気な、いつも学校で見ている笑顔だった。ほんとうだ。おばあちゃんの言うとおり、卵を足すだけで急に元気になる。

最後はどんぶりを両手で持って、つゆを飲み干した。八時二十七分。どんぶりをテーブルに戻して、ふーう、と息をつく。額がうっすらと汗ばんでいる。鼻の頭が赤い。おなかにしっかりした重石《おもし》が入ったみたいに、背筋もしゃんと伸びた。

また目が合った。大友くんは照れくさそうになにか言いかけたけど、その前におばあちゃんがレジから大友くんを呼んだ。

「はいはいはい、お兄ちゃん、バス来ちゃうわよ、かけうどん四百五十えーん」

大友くんは不服そうにわたしを見て「なんだよ、学割なしかよ」と小声で言う。

「なに言ってんの。ほんとうは『月見』は五百五十円なんだからね」

「卵百円って高くねえ?」

「地鶏の卵なんだから、高くてあたりまえなのっ。放し飼いしてるニワトリだから、黄身が締まっててておいしいのっ」

でも、レジでお金を払った大友くんは、引き戸を開けながらわたしを振り向いて、「サンキュー」と言ってくれた。わたしが返事をするのをさえぎるように、バタバタとあせって店の外に駆けだしてしまったから、「また明日ね」は、引き戸を閉める音にかき消されて、大友くんには届かなかったかもしれない。

まあいいや、と大友くんの席を片付けていたら、お父さんの「けんぱーい！」の声が店内に響きわたった。これで何度目だろう。ほかのみんなが唱和する声は少しずつ沈んできて、おしゃべりの口数も減ってきていることに、お父さんは気づいているのだろうか。

ふと振り向くと、お父さんもこっちを見ていた。お父さんはあわてて目をそらし、空のお銚子の首をつまんで振りながら、「お酒お代わり、よろしくぅ！」と厨房のおばあちゃんに声をかけた。「もっと、どんどん持ってきてよ！」

おばあちゃんはちらりとおじいちゃんを見た。おじいちゃんは黙って小さくうなずいたけど、友だちの一人は決まり悪そうに「あの……俺、そろそろタクシーで帰るから」と言った。

その一言で、まるでおとぎ話の魔法が解けてしまったみたいに、非常識で不謹慎な飲み会は終わった。

笑い声がしぼむ。みんなの背中がまるくなる。

お父さんも手に持っていたお銚子を、ことん、と卓に戻した。

タクシーや家族の迎えの車で帰ったひとが、三人。

お酒を飲まずに自分の車で帰ったひとが、二人。

話し相手が一人また一人と減っていく。九時のバスで、いっぺんに四人も帰った。そして、最後まで付き合ってくれた二人も九時半の終バスでひきあげてしまい、お父さんは一人で店に残されてしまった。

でも、すでに大友くんが帰った直後に、飲み会は終わっていたのだ。もっと正確に言うなら、みんなでがんばった陽気なお芝居《しばい》は幕を下ろしていたのだ。

八時半を回った頃から、笑い声はほとんどあがらなくなっていた。おしゃべりの声も急に低くなって、ため息が増えた。河合さんの死を悲しんだり、生前の河合さんの思い出をたどったり、のこされた家族のことを案じたり……していたのかどうかは、よくわからない。ただ、河合さんのことは、目に見えない雲のようにみんなの頭上にずっと垂れ込めていたはずだ。その雲は、重くて、暗くて、寒々しくて、みんなの心を沈ませてしまう。『峠うどん』のお客さんは、みんなそうだ。店内はやっと、遅ればせながら、いつもの雰囲気になっていたのだ。

最後のお客さんを送り出したおばあちゃんは、軒先《のきさき》の暖簾を下ろした。ひきあげるお客さんに「ありがとうございました」とは言えても、「またどうぞ」とは言いづらいところが、斎場前のお店のツラいところだ。

わたしは厨房で洗いものをしながら、座敷の様子をうかがった。

一人になったあとも、お父さんは手酌《てじゃく》でお酒を飲みつづけている。ずっとお酒しか口にしていない。おばあちゃんにリクエストしていたマイタケの天ぷらや煎りギンナンも手つかずのままだった。ほかのお客さんもたいがいそう。お酒はたくさん出たけど、小鉢の料理のほうは食べ残しが多い。それになにより、洗いものにどんぶりがない。誰もうどんを注文してくれなかったのだ。

おじいちゃんは、明日打つうどんのための塩水をつくっている。気温や湿度によって塩加減に微妙な調整をしなくてはいけない。そのうえ、小麦粉となじみやすくするには一晩寝かせておく必要がある。つまり、今夜のうちに明日の天気を読み切って、塩加減を決めなければならないのだ。うどんだけではなく、つゆに合わせる返しも、今日仕込んだのは五日後に使うやつだ。地面に半分埋めた瓶《かめ》の中で五日間寝かせて、じっくりとうまみを引き出す。うどんに使う小麦粉だって季節によって細かく産地を替え、原価割れしないぎりぎりのところまで銘柄《めいがら》や等級にもこだわっている。

おばあちゃんだって、さっきは斎場まで出かけて河合さんとリュウジさんの通夜ぶるまいの様子を自分の目で確かめていた。参列者ぜんたいの数を売店のおばさんに聞き出し、通夜ぶるまいの人数や湿っぽさの度合いから、明日の午前中に営まれるお葬式の規模や雰囲気を予想する。それがそのまま、明日のランチタイム営業の仕込みにもかかわるのだ。

そこまで手間暇かけて出しているうどんなのに、誰からも本気で味わってもらえない。

開店前から何度も感じていた悔しさや悲しさが、また——いままでで一番大きな波になって、胸に迫ってきた。

おばあちゃんは空いた席を片付けながら、「和也《かずや》」とお父さんに声をかけた。「どうする？

もうちょっと飲む？」

「いや……いいよ、これ以上飲んだら、明日起きられなくなるから」

すでに上体はふらついている。

「明日は告別式に出るの？」

黙って、うなだれて、首を横に振る。ほんのそれだけのことで、体のバランスをくずして横に倒れてしまいそうだった。

「お水持ってきてあげようか？」

「うん……」

おばあちゃんは「ちょっと待ってて」と厨房に向かいかけた。

「あ、いいよ、わたしが持っていく」

つい言ってしまった。言葉と同時に体も勝手に動いてしまった。「よっちゃん、あんたはいいから」とおばあちゃんがあわてて言ったときには、わたしはもうポットの氷水をコップに注いで、厨房から出てしまっていた。

お父さんと正面から向き合った。ほかのみんながいたときには目が合うたびに無視されていたけど、今度は、お父さんはまっすぐにわたしの視線を受け止めた。

わたしを見るお父さんの顔は、いつものお父さんではなかった。暗い目をしていた。怖いほど寂しそうに暗く沈んで、それでも、涙で潤《うる》んではいなかった。

「五年生と二年生だったよ」

お父さんはわたしを見つめたまま、ぽつりと言った。

河合さんがのこした子どものこと——たしか、どちらも男の子だと言っていた。

「下の子は、よくわかってないみたいだった。だから、退屈して、ずーっと座らされてて、かわいそうだったなあ」

かすかに笑う。どう応えていいかわからない。

「上の子はしっかりしてた。お母さんのことはボクが守る、みたいな感じで、まだガキなのに気合入ってたなあ……」

首をかしげながら、また笑う。言葉でも表情でも行動でも、なにをどう応えればいいのかわからない。わたしは水の入ったコップを手に持ったまま、座敷の前から動けずにいた。

「たまんないよ……」

お父さんは絞り出すように言って、震える息を吐き出した。「ほんとにさ、あいつもさ、心残りあるよなあ、ないわけないよなあ……」とつづける声も震えていた。

おばあちゃんはとりなすようになにか言いかけたけど、お父さんはそれを払いのけるように手を振って、「たまんないよ、ほんと、たまんないよ……」と声を強めた。声はさらに震え、顔もゆがんだ。でも、涙は出ない。どこにつっかえているのだろう。それとも、どんなにがんばって振り絞っても出てこないのだろうか。もどかしそうだった。苦しそうだった。涙が一粒でも流れ出たら、きっと楽になれるはずなのに。

「悪い……水より、やっぱり、もう一杯だけ、酒……」

お父さんはほとんど突っ伏してしまい、上目づかいにわたしを見た。

悲しいまなざしだった。「悲しそうな」とも、「悲しんでいる」というのとも、微妙に違う。

お父さんの目そのものが悲しいというか、それを見ているわたしを悲しませてしまうのだ。

「和也！」おばあちゃんが叱った。「あんた、子どもの前でなに弱音《よわね》吐いてるの！　情けないこと言わないで、しゃんとしなさい！」

お父さんも、わかってるよ、とうめき声で言った。でも、まなざしの悲しさは変わらない。むしろ、もっと暗い目の色になってしまった。

やっとわかった。お父さんがわたしに「絶対に来るな」と言って、おじいちゃんもわたしを帰らせたがっていた理由は、このまなざしを見せたくなかったからなのだろう。

お父さんは「おふくろ、説教はいいから、早く酒……」と、呂律《ろれつ》のあやしい声で言った。

それを聞いて、わたしの中のなにかが、プチッと切れた。

手に持ったコップを自分の口に運んだ。冷たい水を一気飲みして、背筋をまっすぐ伸ばした。

「お父さん、うどん！」

考えて言ったのではなかった。口が勝手に動いた。「お酒やめて、うどん、食べて！」とつづけ、厨房を振り向いたのも、ほとんど無意識のうちだった。

「おじいちゃん、うどん茹でて！」

その一言と同時に——おじいちゃんは寸胴鍋から揚げザルを引き上げた。

ザルには茹であがったうどんが載っている。それをすばやく流水で締めて、もう一度お湯にくぐらせてから引き上げる。頭上に振り上げた揚げザルを気合を込めて鋭く振り下ろして、湯切りは一発で完了。

流れるような動きだった。迷いもためらいもない。自分の信じた道をまっすぐに進む潔《いさぎよ》さが、おじいちゃんの身のこなしのすべてに宿っている。

そして、なによりびっくりしたこと——おじいちゃんはわたしが声をかける前に、いや、もっとさかのぼって、七、八分前からうどんを茹ではじめていたのだ。そして、わたしが振り向いた、まさにその瞬間、うどんが茹であがったのだ。

嘘みたいだ。でも、すごい。

唖然とするお父さんやおばあちゃんをよそに、おじいちゃんはいつもと変わらない無愛想な顔で、黙々と動いた。どんぶりを二つ。それぞれにうどんを入れ、つゆを張って、カマボコとネギを載せて、かけうどんができあがる。

「よっちゃん、持って行ってくれ」

「……もう一杯のほうは？」

「よっちゃんのだ」

「わたし？」

「お父さんとあっちで一緒に食べろ」

会話はそれだけ。説明もそれだけ。おじいちゃんはガスコンロの火を落とし、こっちに背中を向けて、寸胴鍋や揚げザルの片付けに取りかかった。

きっともう振り向いてくれないだろう。それがわかるから、わたしも黙ってどんぶりをお盆に載せて、お父さんの席に運んだ。

おじいちゃんに言われたとおり、お父さんと向かい合って座った。

わたしはそれほどおなかが空いているわけではなかったし、お父さんも、うどんはちょっとなあ、というふうにおなかをさすっていた。

でも、顔を見合わせると、どちらからともなく笑った。お父さんの目は、もう暗くなかった。「まいっちゃうね」とわたしが言うと、お父さんも「まいっちゃうよな」と応え、どんぶりに口をつけて、つゆを一口啜った。顔を上げて「まいっちゃうよなあ……」ともう一度つぶやくと、目が見る間に潤みはじめた。

わたしはどんぶりを抱き込むような格好で、うどんを啜る。お父さんの顔は見ない。よかったね、と心の中で一言だけ伝えて、あとはひたすら、おじいちゃんが精魂込めたうどんをしっかり味わいながら食べていった。おいしい。やっぱりおじいちゃんのうどんはサイコーだと思う。いや、ほんとうにサイコーなのは、おじいちゃん本人なのだろう。

お父さんも食べはじめた。わたしよりずっと豪快に、どんぶりを持ち上げて、ズルズルズルッと音をたてながら啜り込む。うめくような声も聞こえる。ときどき洟も啜る。途中でどんぶりを置いて、おしぼりを目に押し当てる。

と、そこに――。

「ほら、二人ともどんぶり貸しなさい」

おばあちゃんは、厨房から取ってきた生卵を二つ、手に持っていた。

「元気出すときは卵なんだよ、とにかく」

どんぶりの縁で殻を割って、つゆの上に落としてくれた。

お父さんと、また目が合った。涙でぐしょぐしょになったお父さんの顔は、悲しそうで、悔しそうで、でも、ほっとして安らいでいるようにも見える。

「おじいさんもねえ、こういうときに『かけ』しか出さないってのも、ほんとに気が利かないんだよねえ。わたしがいないとそういうキメ細やかなところが全然できないんだから、まったくもう……」

自分の役割をアピールするおばあちゃんに、はいはいはいはい、と笑って応え、わたしはまたどんぶりを抱き込んだ。

そうだ、うどんに夢中で、つゆを味わうのを忘れていた。卵の黄身をほぐす前に、つゆをごくんと飲んだ。熱々のつゆが喉《のど》からおなかに滑り落ちると、おへその裏側がじんわりと温《ぬく》もった。絵本でしか知らないランプの灯《ひ》のような、ほんのりとした明かりが、おなかにともった気がした。

第二章　二丁目時代

1

　それはなんとも不思議なポーズだった。

　幼い頃の記憶にうっすら残っている。ポーズをとっているのはお母さんだった。そばでお父さんが、おいおいおい、まいったなあ、と顔をしかめながら笑っているのも覚えている。二人ともまだ若い。わたしが幼稚園に入るか入らないかの頃だと思う。

　不思議といっても、ヨガのような超絶技巧《ちょうぜつぎこう》というわけではない。手足の動きのひとつずつはシンプルで、子どもでもできる、というか、子どもにしかできない。身体能力ではなく、羞恥《しゅうち》心《しん》の問題で。

「だから、不思議っていうより、もっと笑える感じ」

　わたしが言うと、お父さんは「ユニーク？」と英語で言い換えてくれた。

「もうちょっとバカっぽい。ユーモアのセンスとかじゃなくて、もう、見た瞬間、爆笑しちゃうの」

なるほど、とうなずいたお父さんは、「じゃあ、チンミョウってやつか」と言った。

「珍妙」という漢字はあとで辞書をひいて知ったけど、音の響きだけで、これだ、と思った。チンミョウなポーズなのだ、確かに。

「どんな格好だった？　お父さん覚えてないぞ。お母さんがそんなにワケのわかんないポーズするなんて、ちょっと信じられないけどなあ」

「でも、覚えてるもん」

こういうの、こういう感じ、と記憶をたどって両手を動かした。

まず、左手をまっすぐ頭上に伸ばす。肘《ひじ》をなるべく曲げないようにして、手の指を揃え、手首を直角に曲げてクルッと返す。右手は体にぴったりとつけて肘を曲げ、左手と同じように指を揃え、小指の横を胸につける。

「なんだ、それ。お母さんがそんな格好してたのか？」

「うん……」

「おサルのエッサッサー、ホイサッサーじゃなくて？」

「うん、おサルじゃなかったと思う」

「顔は？　ヘンな顔してたのか？」

「ふつうだったと思うけど、ちょっとびっくりしたような感じだったかも」

もどかしい。お父さんも要領を得ないわたしの説明に首をひねるだけだった。

そもそも、お母さんはおどけたポーズをとるようなひとではない。いかにも小学校の先生らしく、真面目一筋。冗談が嫌いで、ダジャレや物真似《ものまね》も嫌いだ。そんなお母さんのチンミョウなポーズだったからこそ記憶に刻まれてしまったのだろう。

お父さんも仕事は同じ教師だけど、お母さんに比べるとずっとユルい。だから、わたしの見せたお手本にならって「こうか？」と両手を動かす程度のノリはある。

「ちょっと待てよ、これ、なんか懐かしいぞ」

「そう？」

「うん……血が騒ぐっていうか、本能が覚えてるっていうか……DNAが……」

遠くを見てつぶやきながら、左手を傘のように頭上に掲げたまま、コタツから出て立ち上がる。

「脚もあるんだ……うん、むしろ脚の形がポイントだったんだ……」

左脚を「く」の字に折り曲げて、右の膝にあてた。数字の「4」だ。そして右脚だけで体を支えて、つま先立った、その瞬間——。

「それ！　お父さん、それだよ！」

わたしが声をあげるより早く、お父さんはすっとんきょうな甲高い声を張り上げた。

「しぇーっ！」

ずっと昔、まだお父さんやお母さんが幼い子どもの頃、『おそ松《まつ》くん』というマンガがあった。

「淑子も名前ぐらいは聞いたことないかな、赤塚不二夫センセイって。もう死んじゃったけど、『天才バカボン』とか『おそ松くん』とか『もーれつア太郎』とか、少女マンガだったら『ひみつのアッコちゃん』とか、ほんと、すごかった。天才だったんだよ……」

お父さんのまなざしは遠くに旅立ってしまったまま、まだ戻ってこない。子どもの頃を思いだすときはいつもそうだ。

「で、『おそ松くん』に、イヤミっていう奴が出てくるんだ。フランスかぶれのイヤミな奴なんだけど、びっくりしたときに、『しぇー』をやるんだよ」

「流行《はや》ってたの？」

そりゃあもう、とお父さんは自分のことでもないのに得意げに胸を張った。

「いまの皇太子《こうたいし》さまがカメラの前で『しぇー』をしたこともあるし、ゴジラだって映画でやってたんだぞ。国民的ギャグだ。世界に誇るニッポンのギャグだ。お父さんやお母さんの世代で『しぇー』をやったことのない奴なんて、絶対にいないよ」

わが家の両親はどちらも一九六二年生まれだ。ひさしぶりにお母さんとの間に同世代のキズナを実感したのか、お父さんは「そうかぁ、佐智子《さちこ》も『しぇー』を忘れてなかったのかぁ」としみじみつぶやき、焼酎のお湯割りのお代わりをつくった。

「お父さん、焼酎入れすぎ」

わたしはミカンをむきながら言った。「あとでお母さんに怒られちゃうよ」とつづけると、お父さんは腕だけで「しぇーっ！」をした。調子に乗りすぎ。焼酎も飲みすぎ。わたしと二人きりで過ごすなんてめったにないことだから、ほんとうは、ちょっと緊張しているのかもしれない。

「でも、お母さんが『しぇー』をするなんて、やっぱり信じられないなあ」

「だって見たんだもん、わたし。ちゃーんと見たんだって」

「酔っぱらってたのかな」

「そうかも」

「よっぽど機嫌よく酔っぱらってて、子どもの頃を思いだしてて……」

ってことは、とお父さんはわたしを見て、芝居がかった大げさな心配顔で言った。

「今夜、やっちゃうんじゃないか？」

まさか、と笑った。でも確かに、やるとすれば今夜だろう、とも思う。

話題の主役のお母さんは、今夜は外出している。年に一度、勤労感謝《きんろうかんしゃ》の日に開かれる「同窓会」に出かけたのだ。

めったにお酒を飲まないお母さんは、酔うとひとが変わったみたいに陽気になる。よくしゃべって、よく笑って、「ちょっと、やだぁ」と隣にいるひとの肩や背中をバンバン叩いて、さんざん大騒ぎしたすえに、こてん、と眠ってしまう。

今夜もご機嫌で帰ってくるはずだ。毎年「この日だけはお母さんの自由にさせてもらうからね」と楽しみにしている集まりで、去年は酔った勢いで閉店間際の洋菓子屋さんに入って、売れ残りのケーキを抱えきれないほどおみやげに買い込んで帰宅した。

お父さんはあきれながらも、その日はお母さんに優しい。去年も、リビングで寝入ってしまったお母さんに布団をかけてあげながら、「子どもの頃、苦労してきたからなあ」とつぶやいていた。「いま、みんなで元気に集まれるのがうれしくてしょうがないんだよ」

同窓会といっても、学校の集まりではない。母体はご近所の子ども会。要するに、幼なじみの同窓会なのだ。上は五十過ぎのひとから下は四十歳あたりまで、子ども時代をともに過ごした幼なじみが、年に一度だけ集まって、懐かしいひとときを過ごす。お母さんはそれを「秋の七夕《たなばた》」と呼んで、毎年ほんとうに楽しみにしているのだ。

だから、やっぱり今年も酔っぱらって帰ってくるんだろうな、と覚悟を決めた。

酔った勢いの「しぇー」も、心の片隅で期待した。

「ねえ、お母さんが住んでたのって緑町《みどりまち》だよね」

「そう、二丁目だ。高いマンションがたくさん建ってるだろ、あそこだよ」

「グリーンタウンだよね」

ウチから車で三十分ほどの距離にある。緑町だから、グリーンタウン——ネーミングのセンスはどうかと思うけど、駅から徒歩圏内ということもあって、住宅街としては市内でも指折りの人気を誇っている。

もっとも、それは時代が「平成」に入ってからの話だ。緑町そのものは古くから栄えていたけど、川に挟まれた三角州になる二丁目は、太平洋戦争の末期に空襲《くうしゅう》を受けて家をなくしたひとたちが戦後になって住み着いたことで町になった。その時期の混乱がなんとかおさまった「昭和」の半ば頃には、木造モルタル平屋建ての市営住宅が建ち並んでいた。お母さんはものごころついた頃から、そこで育ったのだ。

お母さんのお父さん――わたしにとってのおじいちゃんは、お母さんが赤ん坊の頃に亡くなった。四つ年上の秀治伯父《しゅうじおじ》さんとお母さんは、おばあちゃんの女手一つで育てられた。市内の別の町から二丁目の市営住宅に引っ越してきたのは、おじいちゃんが亡くなってしばらくたった頃だったらしい。

生活は楽ではなかった。あの頃の市営住宅には、そんなひとがたくさんいた。よその町からは冷たい目で見られていたという。お父さんも子どもの頃に、おとなたちが「二丁目の住宅」という見下すような言い方をしていたのを覚えているという。

でも、それ以上のくわしいことはなにも聞いていない。お母さんは子どもの頃のことをほとんど話さないし、お父さんも教えてくれない。遠い町に住んでいる秀治伯父さんとはめったに会えないし、おばあちゃんは五年前に亡くなった。いつだったか、「よっちゃんがいろんなことのわかる歳になったら教えてあげるわよ」とお母さんは言ってくれた。でも、まだその約束は果たしてもらっていない。

テレビの番組が、バラエティーからドラマになった。午後九時。そろそろお母さんが帰ってくる頃だ。

「『しぇー』が流行ってたのって、お母さんが二丁目にいた頃?」

「そう。高校時代にはもう引っ越してたけどな」

お父さんとお母さんは高校の同級生だ。

「市営住宅から出たのって、生活が楽になったってこと？」

「うん……その頃には秀治伯父さんも高校を出て、ガンガン仕事をしてたから、おばあちゃん一人でがんばってる頃より、少しはな」

答えたあと、落とし物を拾い上げるみたいに「生活が楽になったとかならないとか、そういうの、おまえが言っちゃだめだよ」としかめっつらになった。「そんな言い方するのって十年早いぞ」

なにそれ、とムッとした。でも、お父さんのほうも顔をしかめたまま、「親のスネをかじってるうちは、おとなと同じ言葉をつかえないことだってあるんだ」とつづける。

説得力があるような、ないような。でも、秀治伯父さんが昼間は働きながら定時制高校に通っていたことを思いだすと、やっぱりお父さんの言葉には一理あるのかも、と思う。

伯父さんは中学生の頃から新聞配達をしていた。わたしが『峠うどん』のお手伝いをするアルバイトとはまったく違う。というか、ほんとうは同じ「アルバイト」という言葉をつかってはいけない。それくらいは、わたしにもわかる。

「二丁目にいた頃のお母さんって、どんな子どもだったんだろうね」

「真面目一筋だったって」

「真面目な子でも『しぇー』やるの？」

「さっき言っただろ。日本中の子どもがやってたんだよ、あれは」

「お母さんの『しぇー』かあ……」

うまく想像できなかった。お母さんの子ども時代の写真は数少ない。誕生から高校卒業までの十八年間がアルバム一冊におさまるほどで、特に小学校の低学年までの写真は年に二、三枚しかない。

昔は写真を撮ってもらうのは贅沢《ぜいたく》なことだった、と言われてもピンと来ない。ただ、お母さんはいまでも、わたしが友だちと撮ったプリクラのシートを出しっぱなしにしていると顔をしかめて、「ちゃんとしまいなさい」とにらむ。わたしの子ども時代のアルバムは、幼稚園入園までだけでも四冊もある。写真はほとんど、お母さんが撮ってくれた。


お母さんが帰ってきたのは、十時近かった。「ただいまあ！」と元気いっぱいに入ってくるかと思っていたら、平日の仕事帰りのように静かに玄関のドアが開く音がして、ゆっくりとした間をおいて、閉じる音が届いた。

リビングに入って、わたしを見てから、やっと「ただいま」と言った。少し疲れた声だった。わたしの「お帰りなさーい」に軽くうなずいて、すっと目をそらしながら、「お父さんは？」と訊く。

「お風呂。もうすぐあがると思うけど」

「そう……」

「同窓会どうだった？　盛り上がった？」

お母さんは頬をゆるめるだけで、言葉ではなにも応えなかった。笑顔になったほうが、かえって元気のなさがきわだつ。

「お酒飲まなかったの？」

「ううん、飲んだよ。けっこう酔っぱらっちゃった、ひさしぶりだから」

確かに頬は赤いし、目元もとろんとしているし、しゃべる声も微妙に間延《まの》びしている。でも、いつもの陽気さはまったく感じられない。

コートを鴨居《かもい》に掛けたお母さんは、同窓会のために新調したコサージュをセーターからはずした。「どうだった？　評判よかった？」と訊いても、うん、まあね、と気のない様子で返すだけだった。

服を着替えると、キッチンから椅子を持ってきて、リビングと続き部屋になった和室に向かう。

「どうしたの？」

「うん、ちょっとね……」

椅子に乗って押し入れの天袋《てんぶくろ》から取り出したのは、古いアルバム――十八年間で一冊きりの、子ども時代の思い出が詰まったアルバムだった。

お母さんはそれを大事そうに抱きかかえて、和室のコタツに入った。

「ね、なになに、どうしたの急に」

懐かしさにもっとひたりたいって？　とからかったけど、お母さんは笑い返さず、アルバムをめくった。

「そうだ、あのね、さっきお父さんと『しぇー』の話で盛り上がったんだよ。ほら、『おそ松くん』のイヤミのアレ。覚えてない？　わたしが幼稚園とかの頃、お母さん、酔っぱらって『しぇー』見せてくれたでしょ」

返事はない。その代わり、アルバムをめくる手が止まった。開いたページには白黒の写真が数枚貼られ、その真ん中に〈昭和44年子ども会クリスマス〉とメモのついた写真があった。

公民館だろうか、広い和室に子どもたちがぎっしり座って、カメラに背中を向けている。子どもたちが見ているのは板張りのステージに立つサンタクロースだった。サンタさんはプレゼントの入った大きな袋を脇に置いて、チンミョウなポーズを――。

「お母さん、これって、『しぇー』じゃないの？」

驚いて顔を上げたわたしにかまわず、お母さんはサンタさんの写真をじっと見つめていた。写真に、涙がひとつぶ落ちた。

2

その週の土曜日、市営斎場の駐車場は、朝から満杯だった。

お葬式は、もちろん曜日や日付をあらかじめ選んでおくわけにはいかない。でも、「お葬式日和《びより》」というのは確かにあるんだと、おばあちゃんはいつも言っている。

故人の家族や親族、特に親しかったひとたちはともかく、とりあえず連絡は受け取ったものの「どうしようかなあ」と迷っているひとにとっては、仕事を休まずにすむ日のお葬式はありがたい。一泊できるのなら遠くのひとだってお別れに駆けつけられる。週末というのは、行楽だけでなくお葬式にもうってつけなのだ。

そして、市営斎場と一蓮托生《いちれんたくしょう》の『峠うどん』にとっても、精進落としや通夜ぶるまいの席に呼ばれるほどの濃い間柄ではない参列者が多ければ多いほど、お客さんが増える。

「惜しいよねえ、これで昨日が友引だったら、もっとよかったんだけどね」

お客さんが帰ったテーブルから食器を下げてきたおばあちゃんは、真顔で残念そうに言う。斎場が休みになる友引の翌日はホールも火葬場もフル稼働で、うどんの仕込みもふだんの倍近くになる。

わたしはおばあちゃんから受け取った食器をシンクのお湯に浸けながら、「でも、お天気はいいじゃない」と言った。

「そうね、夕方からもっと冷え込んでくるっていうし」

「天気予報だと、雪も降るかもって」

「うん、そうなったらいいけどねえ……」

空には朝から暗い色の雲が垂れ込め、冷たい風が吹いている。午後になっても気温はほとんど上がらず、空の色はどんどん寒々しくなっていた。天気予報では曇りのち雨、ところによってはみぞれ、山間部では小雪もちらつくだろう、とのことだった。

ウチにとっては願ったりかなったりの空模様だった。峠のてっぺんの斎場は、市街地より気温が一度や二度は確実に違う。斎場の建物の中も寒い。参列者の多いお葬式では、最初から最後まで外に立っているひともいる。駐車場に停めた車はすっかり冷え切っているし、バスで帰るひとも、土曜・日曜・祭日ダイヤは、そうでなくても少ない便数がさらに減ってしまう。

熱々のうどんを誰だって食べたくなるはずだ。熱燗や焼酎のお湯割りも待っている。おばあちゃんは厨房の換気扇をめいっぱい回して、木枯《こが》らしにも負けない濃厚なつゆの香りをまきちらす。

「あがったぞ」

おじいちゃんが、天ぷらうどんのどんぶりをカウンターに置いた。それを取りに来る間もなく、おばあちゃんは「はい、いらっしゃーい」と新しいお客さんを迎える。

こうなると、わたしも洗い場専任ではいられない。洗剤で濡れた手をあわてて拭き、作務衣につけた洗い物用のエプロンをはずして、天ぷらうどんを運ぶ。

午後遅い時間なのに、まだお昼ごはんも食べられない忙しさだった。

バイト代ははずんでもらえるとはいえ、中学二年生の十一月にこんなことしてていいのかな、とは思う。勉強はともかく、土曜日をほとんど丸一日うどん屋で過ごすのは青春として間違っているんじゃないか、という気もしないではない。

なにより、中学校に入学してからいままで、最低でも週に一度は『峠うどん』に通っていると、喪服姿に慣れてしまう。喪服を着て斎場に来るひとはみんな近しいひとを亡くしてしまったんだ、ということを、つい忘れそうになる。

要するに、ひとの死に対してニブくなってしまう。ひとの命をナメてしまう。

勤労感謝の日は、それでお母さんに叱られた。同窓会に着ていったブラウス姿のまま、お母さんは泣きながら、わたしを叱ったのだ。


お通夜に出る前のお客さんでにぎわう午後五時台のピークを乗り切ったところで、わたしのバイトはおしまいになった。午前中からよくがんばった、われながら。

「よっちゃん、六時のバスで帰るんだったら、ごはん食べていく？」

おばあちゃんは空になったお釜《かま》を洗いながら言った。「おこげもあるよ」――かやくごはんのおこげは大好物だ。

おじいちゃんもうどんを茹でる寸胴の前の椅子で一服しながら、そうしろ、というふうにうなずいた。まったくもって無口な職人なのだ。

でも、わたしは「食べるものはいいよ、お昼が遅かったし、お母さんも晩ごはんつくってるし」と答え、厨房の椅子に腰かけた。

「それより、おばあちゃんにちょっと教えてほしいんだけど」

「なに？」

「お母さんのこと」

「どうしたの？」

「あのね……お母さん、近いうちに、ここに来るから」

「うん、おだしの昆布を分けてほしいって言ってたね、そういえば」

ウチのは日高昆布《ひだかこんぶ》の特級品だからね、プロ用だからね、そこらのスーパーじゃ売ってないんだからね、おじいちゃんは目利きだから仲卸《なかおろし》さんのほうも……と、始まると長くなるおばあちゃんの自慢話を「そうじゃなくて」と止めた。

「お客さんで来ると思うの」

「さっちゃんが？」

おばあちゃんはお母さんのことを自分の子どもみたいに呼ぶ。佐智子だから、さっちゃん。子どもの頃、お母さんはみんなにそう呼ばれていたらしい。

「お客さんってことは……やだ、誰かの不幸がありそうなの？」

「子どもの頃にお世話になったひとが、大学病院に入院してるんだって。で、具合がそうとう悪くて、年を越すまでもたないんじゃないか、って」

あら、そうなの、と神妙な顔になったおばあちゃんは、「でも、子どもの頃にお世話になったってことは、そのひと、もうお年寄りなんでしょ？」と訊いた。

「うん、もう七十過ぎてて、来年が喜寿《きじゅ》なんだって」

それを聞いて、おばあちゃんはほっとした笑顔になった。

「じゃあ、しょうがないわよ。五十、六十だったらアレだけど、七十五、六だったら、もう順番順番」

「……そう？」

「そりゃあそうよ、あんたにもいつも言ってるでしょ、逆縁《ぎゃくえん》のお葬式ほどつらいものはないんだから。おじいちゃんとおばあちゃんだって順番どおりだったら、しょうがないわよ。恨んだりなんかしないから、よっちゃんも安心して送ってちょうだい」

わたしはそっと、おばあちゃんには気づかれないように、ため息をついた。

そこなのだ、わたしがお母さんに叱られたのは。

あの夜のわたしも、「しょうがない」という言葉をつかった。もうおじいちゃんなんだから、しょうがないいんじゃない？　だから、そんなに落ち込まないでよ、お母さん……。

励《はげ》ますつもりだった。アルバムの写真を見て泣きどおしのお母さんに、元気を出してほしかった。

でも、お母さんは「知ったふうなこと言わないで！」と怒りだしたのだ。「あんたになにがわかるのよ！　よけいなこと言わないで！　あっち行って！」

風呂上がりのお父さんも、おろおろしながら、自分の部屋に行け、ほら、早く、とわたしに目配せした。

それで逆に、わたしも意地になってしまった。「だって、人間、誰だっていつかは死ぬんだから、しょうがないじゃない！」と言い返すと、お母さんはコタツに突っ伏して、大声をあげて泣きだした。

怒りの涙ではなかった。わたしのことを悲しんでいた。

ひとが死ぬのをあんなふうに言うなんて、よっちゃんはもっと優しい子だと思ってた、と突っ伏したまま、しゃくりあげながら言った。そして最後はお父さんに向かって、わたしに『峠うどん』のお手伝いをやめさせるよう、おじいちゃんとおばあちゃんに言ってほしい、と訴えた。

いつものことだ。でも、いつもとは違う。勉強があるんだからとか、中学生らしくないとか、そんな理由ではなく、お母さんは泣きながら、きっぱりと言ったのだ。

このままだと、この子はひとが死ぬことに痛みを感じないおとなになってしまう――。

翌朝のお母さんは、いつもどおり忙しそうに朝食の支度をしていた。「ごめんなさい」を言うタイミングが見つからず、お母さんもなにも蒸し返さなかったので、結局それっきりになってしまった。

「で、教えてほしいことって、なに?」

おばあちゃんにうながされて、気を取り直した。

「おばあちゃんは、お母さんの子どもの頃の話って、なにか聞いてる?」

「子どもの頃って?」

「だから、『二丁目の住宅』にいた頃のこと」

眉をひそめたおばあちゃんに「ちょっと、そういう言い方しないの」と叱られた。

「……市営住宅って、やっぱり評判悪かったの?」

「そんなこともなかったけどね、まあ……いろんなひとが入ってたし、かえってそういうところのほうが人情味があるって言うひともいたけどね」

奥歯にものの挟まったような言い回しだった。

その陰に隠したものは、わたしにも、なんとなくわかる。

「お母さんって、二丁目の友だちといまでも仲がいいんだよね。めったに会えないけど、年に一度は必ず集まってるの」

「ね、ほら、やっぱり人情味があるのよ」

「でも、その頃のこと、あんまり教えてくれないから、どんな感じだったのかなって思って」

「どんな感じって言われても、おばあちゃんも、おとなになってからのさっちゃんしか知らないからねえ」

「だよね……」

ねえねえ、とおばあちゃんはおじいちゃんに声をかけた。

「おじいさんは独り身の頃、緑町の近くに住んでたんでしょ。『二丁目の住宅』のことって、なにか覚えてない？」

おじいちゃんは「さあ」とぶっきらぼうに答える。「もう昔のことは、忘れた」

「そういえば、ねえおじいさん、あそこで昔、詐欺《さぎ》だったか泥棒だったか、事件があったでしょ。ウチは和也がもう生まれてて、小学校に上がってた頃だと思うから、さっちゃんが二丁目にいた頃じゃないの？」

おじいちゃんは黙って立ち上がった。「ねえ、あったわよねえ、事件」とつづけるおばあちゃんにはなにも応えず、わたしたちに背中を向けて、寸胴をかけたコンロの火を調節しはじめた。

「ちょっと、おじいさん、聞いてる？」

「忘れた」

ぼそっと言って、寸胴を覗《のぞ》き込んでお湯の沸き具合を確かめながら、わたしに言う。

「お母さんのことはお母さんに訊け。それがいちばん確かだろう」

おばあちゃんは「でも、教えてくれないっていうんだから」とわたしをかばうように言ってくれた。

でも、おじいちゃんは寸胴に水を差して、背中を向けたまま言った。

「自分のことは、自分にしかわからん」

わたしが黙ってうなずいたことに気づいたのかどうか、また寸胴を覗き込みながら、「バスの時間、そろそろだぞ」と言う。

おじいちゃんはいつも無愛想で、怒ったようにしかしゃべらない。面白いことも優しいことも言ってくれない。

でも、ずっと付き合っていれば、わかる。

おじいちゃんが背中を向けてしゃべることは、たいがい、正しい。

3

家に帰ると、リビングにはお父さんしかいなかった。お母さんは風邪気味で、夕方からベッドに入っているのだという。

晩ごはんはお父さんの手作り特製カレーライス――ニンニクのすりおろし、たっぷり。

かやくごはんを食べて帰ればよかった、と後悔しながらカレーを食べていたら、寝室にお母さんの様子を見に行っていたお父さんが戻ってきた。

「どうだった？」

「熱はないし、ちょっと喉がいがらっぽいっていうだけだから、一晩ゆっくり寝ればだいじょうぶだろ」

ほんとうは風邪というより疲れが溜まっていたのだろう。いや、体より心、体力ではなく気力の問題なのかもしれない。

「同窓会に出てからずっと元気なかったよね、お母さん」

「うん……」

「お父さんは知ってるの？　もうすぐ死んじゃいそうな、お母さんが子どもの頃にお世話になったっていうひとのこと」

お父さんは一瞬口ごもってから「よく知らないんだ」と答え、自分のカレーをお代わりする

ために キッチンに立った。

「市営住宅のひとなんだよね、そのひと」

視線がはずれると話しやすい。お父さんも同じなのだろう、さっきより少しはなめらかに「そうだと思うけどな」と返し、ごはんをお皿によそいながらつづけた。

「でも、お世話になったひとはたくさんいるんじゃないかな。いまと違ってご近所同士の関係が深かったし、二丁目は特にみんなで助け合ってたから」

「うん……」

「ほら、いまでも山本《やまもと》のおばちゃんとか川崎《かわさき》さんとか船越《ふなこし》さんとか、年賀状が来たりウチからお歳暮《せいぼ》を出したりしてるだろ。あれはみんな二丁目の頃に家族ぐるみで付き合ってたひとたちだよ」

確かに、ふだんはなかなか会う機会がなくても、年賀状やお歳暮やお中元のやり取りをしている二丁目時代の知り合いは数多い。お母さんは「こういうのって途中でやめちゃうわけにもいかないからねえ」と、うんざりした顔で、でもうれしそうに、毎年毎年お約束のようにぼやくのだ。

「だけど、このまえのお母さんの言い方、ちょっとヘンだったんだよね」

「なにが?」

「ずーっと連絡とってなかったような感じだったの。名前を聞いたのもひさしぶりっていうか……」

もっと細かく説明するなら、そのひとが余命いくばくもないのを悲しむ以前に、同じ市内にいること——さらに言えば、そのひとがまだ生きていたことに驚いているみたいな様子だったのだ。

お父さんはごはんの上にカレーをよそって、食卓に戻ってきた。

「そういえば、おじいちゃんとおばあちゃん、どうだった。元気だったか?」

話をそらされた。思わず口をとがらせると、お父さんは大盛りのカレーを勢いよく食べながら、「明日も行くんだろ、バイト」と、なおも話をそらしつづける。「明日も寒そうだから忙しいぞ」

「お父さん」

「……帰りに福神漬《ふくじんづ》け買ってきてもらえばよかったなあ」

「知ってるの？　そのひとのこと」

無言でカレーを頬張《ほおば》る。辛いのか熱いのか、あひあひあひ、と大げさに口を動かして、水を飲む。

わたしはスプーンを置いて、「教えてよ」と言った。お父さんをにらんだ。口をとがらせてにらむときの顔は、けっこう怖い、とクラスの友だちによく言われる。

お父さんも最初はひるんだお芝居をしそうになった。でも、すぐにやめて、「なあ、よっちゃん……」と口調をあらためた。ふだんはわたしのことを「淑子」と呼ぶお父さんが「よっちゃん」をつかうときは、ろくなことがない。頼みごととか、お説教とか、約束を守れなかった言い訳とか、わたしの頼んだことを断るときとか。

「なんでそんなの知りたがるんだ、よっちゃんは」

「だって……家族なんだから」

「でも、よっちゃんには関係ないだろ」

「あるよ」

だって家族じゃん、と繰り返そうとしたら、お父さんは苦笑交じりに首を横に振って、それをさえぎった。

「おとなと子どもは違うんだよ。おとなにはおとなの世界があるんだから、それをなんでもかんでも子どもが知ればいいっていうものじゃないだろ」

「でも……」

「よっちゃんだって、学校であったことをお父さんやお母さんにぜんぶしゃべってるわけじゃないだろ？　こっちが訊いても教えてくれないこと、いっぱいあるじゃないか」

逆襲された。言い返せないのが悔しい。今夜の「よっちゃん」はお説教モードなのだろう。お父さんは「それと同じだよ」と念を押して、「よっちゃんはなんでも知りたがるし、わかりたがるんだよなあ」とつづけた。

「いけないの？　いろんなこと知って、わかるのって、大事なんじゃないの？」

「学校の勉強だとそうだけど、そうじゃないことも世の中にはたくさんあるんだよ」

たとえば、とお父さんは口調を強めた。

「このまえお母さんが怒ったこと、お父さんにもよくわかるよ」

「……しょうがない、って言ったこと？」

「そう。あれはやっぱりだめだ、ああいうことはよっちゃんが言っちゃだめなんだ」

「でもさ、人間絶対に死ぬわけなんだから、しょうがないでしょ、あきらめるしかないでしょ。ほかになんて言えばいいわけ？」

「なにも言わなくていいんだ」

ぴしゃりと返された。「わからないことはわからないままでいいし、知らないことがあったっていいんだ」と立て続けに言われ、さらに「わかったふうなことを言わなくていいんだからな」とも言われた。最後の一言は、叱るというより、なだめながら教え諭すような感じだった。

理屈ではいくらでも言い返せそうだったけど、わたしは黙ってカレーを食べた。急に辛さが増して、唇も舌も喉もピリピリしてきた。

水を飲んで口の中の辛さを薄めていたら、電話が鳴った。

席を立ちかけたお父さんに「いい、友だちかもしれないから、わたし出る」と言って、半分は気まずさから逃げたくて、コードレスの受話器を取った。

「あ、もしもし、さっちゃん？　ミツコです」

違います、わたし、娘です、すぐにお母さんに代わります——と答える前に、ミツコさんというオバサンはつづけた。

「このまえはお疲れさまでした」

二丁目の幼なじみだ。

思わず受話器を持ったまま廊下に出て、どうしようどうしよう、と戸惑っているうちに、ミツコさんは「それでね、悪いけどいま外からだから、用件だけさっと言うね」と早口に本題に入ってしまった。

「岸本《きしもと》さん、もう全然しゃべれないんだって。酸素マスクつけて、薬で眠ってるから、意識も朦朧《もうろう》としてるだろう、って。それで、トシちゃんやリョウへイくんとも相談したんだけど、やっぱりやめようよ。さっちゃんの気持ちもわかるけど、みんな被害者なわけでしょ、岸本さんも負い目や罪の意識ってあると思うわけ。意識朦朧のときに、いきなり二丁目の子が部屋に入ってきて、岸本さんにもそれがわかったら、最後の最後にかえって苦しい思いさせちゃうんじゃないか、って。わたしもそう思うし、トシちゃんが電話回したひともみんな賛成してたから、悪いけどやめようよ、お見舞いは。さっちゃんが一人で行くのは自由だけど、岸本さんはさっちゃんに会うのがいちばんつらいんじゃないかなって思うし……」

限界だ。わたしは口元を手で覆って「ごめんなさい」と小声で言った。「お母さんにはあとで伝えておきます」

「え?」

「ごめんなさい、すみません、ごめんなさい」

電話を切った。リビングに戻ると、お父さんに「友だちからだった?」と訊かれたので、うん、まあ、とうなずいた。

時計を見た。八時。電話台の棚にあるアドレス帳をそっと開き、お父さんがこっちを見ていないのを確かめてから、秀治伯父さんの携帯電話の番号をメモした。

「ごはんの途中だけど、ちょっとごめん、別の友だちに電話回さなきゃいけないから」

声がうわずってしまったけど、お父さんはのんきに「カレー、お代わりどうする？　しないんだったら残ったの冷凍しちゃうけど」と訊いてきた。

「いらなーい」

歌うように言わないと、声の震えがばれてしまう。

受話器を持ったまま、二階の自分の部屋に上がった。

あとでばれたら絶対に叱られる。叱られなくても、お母さんごめんなさい、と謝りたい。おじいちゃんにも、ごめんなさい。本人に訊くのがいちばんでも、本人にだけは訊けないこともあるかもしれない。

わかったふうなことは言わない。励ましたり慰めたりもしない。約束する。誓う。でも、とにかく、お母さんのことを、わたしは知りたい。

「岸本さん」という名前を出しただけで、秀治伯父さんには通じた。

「岸本さんって、うん、覚えてるぞ。『しぇー』のおじさんだろ？　お母さん、そんなふうに呼んでなかったか？」

「『しぇー』ですか？」

「そう。二丁目の子ども会って、あの頃、合言葉があったんだよ」

それが、「しぇー」だった。

路地で出くわすと「しぇー」、家に遊びに行った先の友だちが玄関に顔を出すと「しぇー」、朝の集団登校の集合場所に来ると「しぇー」、いたずらをしておとなに叱られたあともこっそり「しぇー」……なにをやるにも、どんなときでも、「しぇー」が子どもたちの挨拶だった。

その挨拶を二丁目に流行らせたのが、岸本さんだったのだ。


岸本さんが二丁目の市営住宅に入居したのは、一九六九年の四月——お母さんは小学校に入学したばかりだった。

「銀行だか信用金庫だかに勤めてるっていう話で、独身の中年男だったけど身なりもきちんとしてたし、インテリで、『二丁目の住宅』にはちょっといないタイプだったんだ」

秀治伯父さんは「だからみんな信用したんだろうなあ……」と話を先回りしてため息をついたけど、いまはまず、子どもたちとの話から——。

岸本さんは大の子ども好きだった。引っ越してきて間もない頃から、近所の子どもを見かけるたびに、おどけて「しぇー」をした。『おそ松くん』の「しぇー」は、その頃にはもう流行遅れになっていたけど、背広を着た真面目そうなおとながいきなり両手で顔を挟んで平行にして、脚を「4」の字に曲げて「しぇー」をするのは、流行とは関係なく、とにかくおかしかった。

ほどなく、「『しぇー』のおじさん」というあだ名がついた。岸本さんの「しぇー」に応えて、自分も「しぇー」をする子が増えてきた。ばったり出くわす偶然を待つだけでは物足りなくなって、仕事帰りの岸本さんのあとについて歩く子どももあらわれた。

特になついていたのが、お母さんだった。

「ほら、ウチは親父を早く亡くしてるだろ。俺にはぎりぎり親父の記憶があるけど、佐智子にはないんだ。おふくろも仕事を二つも三つも掛け持ちしてたから、佐智子と遊んでやる暇なんてなかったし、やっぱり寂しかったんだよ。そんなところに『しぇー』のおじさんがあらわれたもんだから、なんか、半分父親みたいな気持ちで岸本さんにくっついてたんじゃないかな」

お母さんだけではなかった。「二丁目の住宅」には、寂しさを背負った子どもがたくさんいた。お父さんのいない子、お母さんのいない子、両親がいなくておばあちゃんに育てられている子、お父さんが働かない子、お母さんが昼間からお酒を飲んでいる子、六畳二間の住宅に五人きょうだいで暮らしている子、国籍や民族の違う子……。

そんな子どもたちはみんな、岸本さんになついた。岸本さんも、まるで寂しさを読み取る力があるみたいに、そういう子を特にかわいがってくれた。

「俺もキャッチボールをしてもらったことがあるんだ。近所のお兄ちゃんからお下がりでもらったボロボロのグローブに、ちょっと貸してみろよ、ってオイルを塗ってくれたこともあって……優しいひとだったよ、ほんと。あれほど優しいおとなに会ったことって、もう二度となかったなあ」

秀治伯父さんは、しんみりと言った。そのすぐあとで、感傷を断ち切るように、「あとで、あれも計画のうちだったんだって言うおとなもけっこういたんだけどな」と付け加えたのだけど。

岸本さんはすっかり二丁目の人気者になった。子どもたちが誰からともなく「しぇー」を合言葉に決めたのも、大好きな岸本さんへのお礼だったのかもしれない。

合言葉のことを知った岸本さんは大喜びしてくれた。

「そのとき、岸本さんは俺たちに言ったんだよ。俺、いまでも覚えてる。みんなおとなになったらバラバラになっちゃうかもしれないけど、ずーっと仲良しでいろよ、子どもの頃の仲間を大事にしろよ、合言葉は一生忘れるなよ、って……」

またしんみりとした口調になった秀治伯父さんは、今度は感傷を消さずに、もっとしんみりとつづけた。

「あとになって思ったんだけど、ひょっとしたら、岸本さんも子どもの頃は俺たちと似たような町に住んでたのかもしれないいな」

岸本さんの評判は、子どもたちを通じて二丁目のおとなたちにも広がっていった。

子どもをかわいがるおとなが、ご近所でどんなに信頼され、愛されるものなのか、いまの感覚ではわからないだろう、と秀治伯父さんは言った。

「ロリコンだのなんだのを心配するような時代じゃなかったし、どんなに貧乏だったり生活がすさんでたりしてても、子どものことが気にならない親なんていなかったよ。みんな心の片隅では、子どもに申し訳ないなあって思ってたから、岸本さんがいて救われたんだよ」

夏休みが終わった頃から、岸本さんは町内会の役員に頼み込まれて、子ども会の活動にもかかわるようになった。その晴れ舞台が、お母さんがアルバムに写真を貼っていたクリスマス会だった。

サンタクロースの衣装は、岸本さんがどこかから借りてきて、自らサンタさんに扮した。ステージに上がったら、まず最初に「しぇー」――。

「カメラ係はリョウヘイって奴の親父さんだったんだけど、へたくそだったし、一番いいところを撮ってなかったんだ。ほんとはあの写真のすぐあとに、俺たちみんな立ち上がって、『しぇー』をしたんだ。すごかったんだぞ、三十人以上の子どもたちがいっせいに『しぇー』をするってのは」

もっとも、左右どっちの手を上にするかを決めていなかったので、手がぶつかったり脚がぶつかったりしたのは大失敗だった。

秀治伯父さんはそのときの様子を楽しそうに、懐かしそうに話してくれた。

でも、笑いながらの話は、ここで終わる。

サンタさんになって子どもたちにプレゼントを手渡した岸本さんは、その頃すでに何人もの子どもの親から借金をしていた。

田舎の親が倒れた、甥《おい》っ子が起こした交通事故の示談金《じだんきん》を明日までに払わないといけない、親代わりに育ててくれた兄が重い病気になった、親代わりに育ててきた妹の手術費用が足りない……。

お金を借りる理由はさまざまだった、と二丁目のみんなはあとで知った。

ただ共通しているのは、どの親もなけなしのお金を渡した、ということだった。

借金を断る親は一人もいなかった。

「ウチの子がお世話になってる、かわいがってもらってる、それだけが担保だったんだ。そういう時代だったし、ガラは悪くても困ったときには助け合うのがあたりまえっていう町だったんだよ」

年の瀬も、年が明けてからも、岸本さんは借金を重ねた。秀治伯父さんとお母さんの母親――わたしのおばあちゃんも、岸本さんの話を疑うことなく、こつこつ貯めていたタンス預金をそっくり差し出した。

そして冬の終わりのある日、岸本さんは二丁目から姿を消した。

別件の寸借詐欺《すんしゃくさぎ》で逮捕されたのは三年後のことだった。二丁目での詐欺は、いくつもある余罪の一つだった。事件の中で被害者の数は一番多かったのに、被害総額は一番少なかった。

「『二丁目の住宅』がそれだけ貧しかったっていうことだよ。一軒ずつの被害額が少ないから、賠償《ばいしょう》もあとまわしにされて、結局、金を返してもらったのは誰もいなかったんじゃないのかな」

お母さんの家も、泣き寝入りの格好になってしまった。

「岸本さんがいなくなったって知ったときのおふくろの顔、いまでも忘れられない。血の気がひくっていうのは、ああいうことなんだな、って。ひどい奴だったよ、ほんとうに、どんなに恨んでも恨みきれない……」

でも、秀治伯父さんはさっきとは逆に、恨みを懐かしさで包み込むように、言った。

「だけどなあ……あのひと、ほんとうにかわいがってくれたんだよ、佐智子のこと……」

枕元のスタンドだけ灯《とも》った薄暗い寝室で、お母さんに謝った。このまえ「しょうがない」と言ったことと、今夜のミツコさんの電話を受けてしまったこと、秀治伯父さんに電話をかけたこと、ぜんぶまとめて。

叱られるのは覚悟していた。でも、叱られることで、自分のやったことは真剣なんだと伝えたかった。

お母さんはベッドに横になったまま、最後まで黙って聞いてくれた。話し終えて「ごめんなさい……」とうつむくと、少し間をおいて、つぶやく声が返ってきた。

「お兄ちゃんもおしゃべりだなあ、中学生に話すようなことじゃないでしょ」

ため息交じりだった。苦笑いも交じっていた。怒ってはいない。悲しんでもいない。

「わたしが無理やり訊いたから」

「違う違う、誰かにしゃべりたかったのよ」

「お金をだまし取られたこと？」

「そうじゃなくて、岸本さんの『しぇー』のことのほう」

「でも、最後は……」

「最後がああいう終わり方だから、その前のことを話したかったのよ」

苦笑いがすうっとやわらいで、ふつうの笑顔になった。わたしはやっぱりまだ子どもで、いろいろなことがわかっていないのだろう。

「伯父さん、びっくりしてたでしょ」

「うん……市内に住んでるとは思わなかったし、もう死んでると思ってた、って」

お母さんは「『死んでる』じゃなくて『亡くなってる』でしょ」と軽く注意したあと、「お母さんもそうだった」と言った。「みんなもそうだったから、ほんと、びっくりした」

ミツコさんの娘が大学病院で看護師をしていて、たまたま岸本さんの担当になった。なにかの拍子で昔話になり、岸本さんが「二丁目の住宅」に住んでいたことを知ったけど、忙しさに紛れてしばらく忘れていた。それをふと思いだして、「そういえば、お母さんは岸本さんっていうひと覚えてる?」とミツコさんに訊いたのが、同窓会の前夜——岸本さんの血圧や意識レベルが急に下がって、危篤患者用《きとくかんじゃ》の個室に移された夜のことだった。

「じゃあ、もっと早く知ってれば、みんな岸本さんに会えたんだ……」

なにやってるんですか、まったく、とミツコさんの娘に文句を言いたくなった。

でも、お母さんは「それでよかったのよ」と言った。「一番いいタイミングだったと思うよ、あれが」

「そう？」

「だって、『しぇー』のおじさんが刑務所を出たあと幸せになったのがわかったんだから、もういいじゃない」

病室には奥さんが付き添っていた。結婚が遅かったので子どもはあきらめた、とミツコさんの娘に話していたという。服役を終えてから結婚したのだろう。奥さんが岸本さんの罪を知っていたかどうかはわからない。ただ、ナースステーションで話題になるほど、二人はとても仲良しの夫婦だった、という。

「お母さん、会いに行くの？」

「このまえは、そのつもりだったけどね」

「いまは違うの？」

「ミッちゃんの電話、そのとおりだと思った。わざわざ最後の最後で苦しめるのってかわいそうよね」

「でも……」

「優しいでしょ、お母さんの幼なじみって。みんなそうなの、おひとよしで、優しいの」

「もう、みんなゆるしてるの？　全然恨んでないの？」

お母さんはふふっと笑って、「よっちゃんなら？」と逆に訊いてきた。「よっちゃんならゆるす？　ゆるさない？」

考えた。というより、思った。簡単に想像できるものではないというのはわかるから、うつむいて、自然と奥歯を嚙《か》みしめて、じっと思った。

「……わかんない」

しぼり出すように言った。

お母さんは「はい、よくできました」と先生の声で言って、「それでいいのよ」とお母さんの声に戻った。「わからないことはたくさんあるの、あっていいの、いまは」

「おとなになったら、わかるの？」

「わかるようになるのかどうかも、おとなにならなきゃわからないよ」

お母さんは「ほんとだよ」と付け加えて、枕に載せた頭の位置を少しずらした。スタンドのつくる影のかたちが変わる。横になっているところをじっと見るなんてめったにないことだから、お母さんもけっこう歳とっちゃったんだなあ、と思った。

「おとなになっても、わからないこと、たくさんあるよ」

「お母さんでも？」

「わからないことのほうが多いよ」

お母さんはそう言って目を閉じて、掛け布団を顎まで引き上げた。「スタンド消す？」と訊くと、もう半分眠ったような声で、「うん、お願い」と言った。

部屋が暗くなる。「おやすみ」と声をかけて外に出ようとしたら、お母さんに呼び止められた。

「よっちゃん、明日はなにか予定あるの？」

つい「べつに……」と答えた。『峠うどん』のお手伝いのことを言いそびれてしまった。

「じゃあ、お母さんに付き合ってくれる？」

ピンと来た。「やっぱり病院に行くの？」と勢い込んで、声もはずませて、訊いた。

でも、暗闇の中で、お母さんは「違う違う」と言った。

「……岸本さんのことは？　ほんとにいいの？」

暗さに少し目が慣れて、お母さんの顔がぼうっと闇に浮かんだ。目をつぶったまま微笑んでいるのがわかった。

「朝ごはん食べたらすぐに出るからね」

どこに、とは言わなかった。

わたしは黙って部屋を出た。廊下には誰もいない。でも、たったいままでひとがいた気配が漂っている。リビングに顔を出すと、お父さんはソファーに寝ころんで雑誌をめくりながら、「おばあちゃんには、明日、お父さんが電話しといてやるから」と言った。

4

お母さんが車で連れて行ってくれたのは、グリーンタウンだった。

再開発がどんなに進んでも、三角州という土地の条件まではさすがに変えられない。グリーンタウンに入るには、何本か架かっている橋を渡らなければならない。その中で一番古い橋のたもとに、お母さんは車を駐《と》めた。

「せっかくだから歩いて渡ろうか」

「うん……」

橋の欄干《らんかん》に竣工《しゅんこう》の日付が彫ってあった。昭和五五年――一九八〇年だから、一番古いといっても、その頃にはもうお母さんは二丁目から引っ越していたことになる。

「昔の橋もこんな感じだったの?」

「そんなわけないわよ。お母さんの生まれる前に大きな水害があって、二丁目もぜんぶ水に浸かっちゃって、そのあとで橋をコンクリートのやつに架け替えたんだけど、いかにも安普請って感じの橋だったの。幅も狭かったし、車道と歩道も分かれてなかったし、川だってこんなにきれいじゃなかったよ。ゴミがたくさん浮いてて、夏になるとガスが出て、泡がブクブクって……臭かったなあ、あれ」

「昔と同じものって、なにがあるの?」

「どうだろうねえ、なにもないんじゃない?」

さばさばした口調だった。実際、お母さんが二丁目を出てから三十年以上たっているし、バブル景気の頃に始まった再開発は、三角州をほとんど更地にして、道路計画からやり直すほどの大がかりなものだった。懐かしいものに出会うことなど、期待するほうがおかしいのかもしれない。

橋を渡って二丁目に入ってからも、お母さんはカラッとした様子で町を歩いた。思い出にひたっている様子はないし、べつに感傷的になっているわけでもなさそうだった。

「たまに来るの？　グリーンタウンになってからも」

「ぜーんぜん。だって用事なんてないもん」

「昔の友だちとかいないの？」

「うん、もう誰も住んでない」

　みんな引っ越してしまった。「もっといいところに引っ越したの？」と訊くと、お母さんに「なに、その言い方」と軽く叱られた。言われて初めて、ああそうか、と自分の言葉の無神経さに気づいた。

　しょんぼりと落ち込みかけたら、逆にお母さんに「まあ、要はあんたの言うとおりなんだけどね」と救ってもらった。

　戦後間もない頃に大急ぎで建てられた市営住宅は、とにかく狭くて古かった。そこに水害が追い打ちをかけて、どこの家もガタが来てしまった。雨漏りはあたりまえだし、停電もしょっちゅうだった。ガスコンロも一口しかないので、どこの家でも七輪《しちりん》を軒先《のきさき》に出して煮炊きしていた。玄関のすぐ脇が汲《く》み取《と》り式のトイレという間取りだったので、換気筒《かんきとう》が外の通りに面して立っているのが恥ずかしくてしかたなかった。もともとお風呂はついていなかったけど、台所に継ぎ足すかたちで、狭いのを増築していた。市には無断――「二丁目の住宅」だからしかたない、と黙認されていたらしい。お母さんの家もそうだった。小学二、三年生の頃にガス風呂になるまでは、薪《まき》やおがくずを焚《た》いていた。火をおこしてお風呂を沸かすのが、まだ幼かった秀治伯父さんとお母さんの仕事だったのだという。

「そんな家にずーっと住みたいひとなんていると思う？　いないよね？」

「うん……」

「だから生活が少し楽になったら引っ越していくの。みんな引っ越しの日はうれしそうでね、見送るほうは寂しいのか悔しいのかよくわからなくて、ウチも早く引っ越したいなあ、って……」

お母さんは高校に入る前に、その夢をかなえた。「やっぱりうれしかった？」と訊くと、苦笑いを浮かべて、「そのときはね」と言った。

「いまは違うの？」

「いまもうれしいよ」

「だって……」

お母さんは、質問タイム終わり、というように足を速めた。わたしもしかたなくお母さんを追いかける。

電線を地下に埋めたグリーンタウンの町並みは、とてもすっきりしている。道幅も広い。車道と歩道の間には自転車レーンもあって、ガードレールの代わりに花壇《かだん》や植え込みが設けられている。樹木や花の多い町だ。サザンカが咲いている。街路樹《がいろじゅ》のケヤキは、まだ葉をたっぷり残していて、金色の炎が燃え上がっているように見える。

景観に配慮するための規制があるのか、デザインや色づかいの奇抜《きばつ》な建物はなく、看板や広告もほとんど掲げられていない。道行くひとたちも皆さんお洒落で、特にお金持ちだとは思わないけど、いかにも幸せな家族の幸せな日曜日といった雰囲気で、のんびり歩いている。

お母さんの足もゆっくりになった。ふうん、なるほどねえ、と町の様子を確認するみたいに何度もうなずきながら歩く。

「昔と同じものってあったの？」

「ないね」

「なんにも？」

「うん、なんにもない。別の町だよ、もう」

建物はもちろん、街路樹もすべて再開発のときに植えられたものだという。それどころか、道まで――交差点を右に曲がってしばらく進んでから、「あれ？　こんな道、やっぱりなかったよねえ……」とつぶやいた。

「お母さんが昔住んでた家って、どのあたり？」

「次の四つ角が昔と同じ場所なんだったら、左に曲がってすぐだけど……たぶん違うだろうね、道そのものがまるっきり違ってるから」

残念そうな口調ではなかったし、横顔にも寂しさは感じられなかった。

「それでいいの？」

ついムッとしてしまった。お母さんは「あんたが怒ることないじゃない」と笑って、「いいも悪いも、しかたないでしょ」と言った。無理やり自分を納得させているのではなく、ほんとうに自然に、素直に、受け容れている。

次の交差点を左に曲がって、何歩か進んだだけで、お母さんは「あ、ほら、やっぱり違ってる」と立ち止まった。

「昔の家、あのあたりにあったんだけどね」

通りの先を指差した。マンションの裏にある駐車場だった。

「行ってみる?」

わたしはそのつもりだった。不法侵入になるのかもしれないけど、事情を説明すればマンションのひとだってわかってくれるだろう。

でも、お母さんは迷うそぶりすら見せずに「行ってもしょうがないでしょ」と笑って答え、回れ右をして、来た道を引き返した。

ホッとしているように見える。肩の力が抜けて、足取りもさっきより軽い。

「お母さん……なんか、うれしそうだけど」

「そう?」

「思い出が全然なくて、よかった?」

今度は少し間をおいて、「ヘタに残ってるより、きれいさっぱりなくなったほうがいいんじゃない?」と答えた。

「でも、今日、思い出の場所を探しに来たんじゃないの?」

あははっ、と軽く笑われた。首を横に振ったから、違う違う、ということなのだろう。でも、それ以上はなにも答えてくれない。

代わりに、交差点まで戻ると、「あそこの公園でちょっと休もうか」と言った。「肉まん食べない？」

交差点のすぐ近くに小さな公園がある。その先にコンビニもある。

「昔の二丁目は、公園なんてなかったのよ。お店も、近所には酒屋さんしかなくて、昼間からおじさんたちがお酒を立ち飲みしてて……まあ、子どもの教育にはよくない町だったかもね」

初めて、声や表情に懐かしさがにじんだ。ふと見ると、目がかすかに潤んでいた。昔の面影がなにも残っていない町並みでも──じつは逆に、なにもないからこそ、目に見えるものに邪魔されずに、あの頃の二丁目の風景がくっきりとよみがえるのかもしれない。

公園のベンチに並んで座って、肉まんを食べた。ペットボトルのお茶は、「どうせ一人で一本なんて飲みきれないでしょ」と二人で一本。お母さんはいつも、そういうところには細かい。

熱々の肉まんを、はふはふ、と頬張りながら、お母さんはふと思いだしたように秀治伯父さんの話をしてくれた。

秀治伯父さんは定時制の工業高校に通いながら、自動車メーカーの工場で働いていた。ほんとうは大学に進んで飛行機の設計の勉強をしたかったのだという。中学時代から数学が得意だったし、中学校の成績なら、お母さんと同じ全日制の普通科高校にじゅうぶん進めた。地元の国立大学の工学部も、成績だけなら、たぶんだいじょうぶ。でも、その夢を断ち切って、家計を助けた。お母さんが教師を目指して大学に進んだときも、伯父さんが入学金をぜんぶ出してくれたらしい。

いま、伯父さんは自動車工場の副工場長をつとめている。きれいな伯母さんと結婚をして、家も建てた。息子さんが二人いて、どちらも東京の大学生だ。二人分の仕送りは大変でも、それ以上に息子が大学に通っているというのがうれしくて、なによりの誇りになっている。

なるほどなあ、と伯父さんの顔を思い浮かべて相槌《あいづち》を打った。苦労したぶん優しい伯父さんだ。岸本さんのことを話すときにも、恨みがましいことはなにも言わなかった。

そういえば、と思った。

「ねえ、伯父さんって同窓会に来てる?」

お母さんは黙って首を横に振った。

「よんでないの?」

「そんなことないけど……来ないね、毎年」

「お母さんは誘ってるんでしょ?」

「うん、まあね。でも、みんなによろしくな、って言うだけだから」

「ウチが遠いから?」

お母さんは「そうかもね」と言った。わたしの思いつきがあっさり認められた。だから、かえって、いまのは正解ではないんだろうなという気がした。

だとすれば――。

「昔のことを思いだしたくないのかなあ、伯父さん」

お母さんの話を聞いていたら、なんとなくわかる気がした。「二丁目の住宅」にいた頃のことは楽しい思い出ばかりではないはずだし、小さな子どもより年上の子どものほうが、そういうことには敏感で、悔しい思いや悲しい思いをしたことも多かっただろう。同窓会で昔話が始まるとそんな嫌な思い出がよみがえってしまうから、顔を出さずに、ずっと忘れたままでいたい……。

「どう？　お母さんもそう思わない？」

お母さんは笑って、冗談めいた声で「生意気」と、一言だけ言った。

それで気づいた。わたしはまた、同じ失敗をしてしまった。

「あのね、よっちゃん。お母さんは、秀治伯父さんは勉強したくてもできなかったんだから、あんたはしっかり勉強しなさいよ、って言いたかっただけなの。あんたもそれだけ受け止めてくれればよかったの」

笑ったまま、あきれ顔で言われた。強い言葉で頭ごなしに叱られてしまうより、ずっとキツかった。

わたしは肉まんを頬張った。湯気にむせそうになり、呑み込むときには喉につっかえそうになった。お母さんがお茶を差し出してくれた。「まあ、でも、よっちゃんの言ってるのはあたってるんだけどね」とも言ってくれた。「同窓会に来ないのは他にもたくさんいるし、言われてみれば、そういうひとって、みんなお母さんより年上だし」

わたしは黙ってお茶を啜る。相槌は打たない。知ったふうなことは、もう言わない。

誰もいなかった公園に、子どもたちが何人か連れ立って遊びに来た。きょうだいなのか、ご近所の友だちなのか、大きな子もいれば小さな子もいる。一番大きな男の子の号令とともに、みんなはジャングルジムに向かってダッシュ——一番小さな女の子が転んだ。でも、女の子は泣かずに起き上がると、またみんなを追いかけて駆けだした。お母さんは、がんばれがんばれ、と応援するみたいに音をたてずに拍手して、岸本さんとの最後の思い出を話してくれた。

岸本さんは、「二丁目の住宅」から姿を消す前の日にお母さんと会っていた。夕方、一人で道ばたにしゃがみ込んでロウ石《せき》で絵を描いて遊んでいたら、背広姿の岸本さんがすぐ先の四つ角を通りかかったのだ。

「おじさん！」

お母さんははずんだ声をあげて立ち上がり、いつものように「しぇー」をした。

岸本さんは驚いた顔で足を止め、お母さんをじっと見つめた。

お母さんは「しぇー」のポーズのまま、合言葉の返事を待った。脚がふらつき、体が揺れても、「しぇー」をくずさずにがんばって、今日の岸本さんはどんなふうにおどけて「しぇー」をしてくれるんだろうと、わくわくしていた。

岸本さんはカバンを足元に置いて、ゆっくりと「しぇー」をした。

おどけなかった。口元は笑っていたけど、お母さんを見つめたままの目は、寂しそうで、悲しそうだった。

合言葉の交換を終えると、岸本さんはまたカバンを提げて歩きだした。一緒に遊べると思っていたお母さんは、がっかりしながらも「また明日ねーっ」と声をかけた。

でも、岸本さんは振り向いてくれなかった。

それがお別れになった。岸本さんはその夜遅く、こっそりと、着の身着のままで二丁目から逃げ出してしまったのだ。

お母さんはジャングルジムで遊ぶ子どもたちをまぶしそうに見つめて、つぶやくように言った。

「『しぇー』をするときの岸本さんの顔、思いだすたびに、どんどん悲しそうになってくるんだよね……」

最初の頃は違った。知らん顔をしてみんなをだましていた詐欺師にふさわしい、しれっとしたお芝居の笑顔だと思っていた。お別れの場面を思いだすたびに悔しさと悲しさで胸がはち切れそうになっていた。一生ゆるさない、と心に誓った。誓わなくても、ゆるすわけがないじゃないか、とも思っていた。

でも、それが少しずつ変わってきた。岸本さんの顔が寂しそうになる。笑顔は笑顔なのに、泣き顔に近づいていく。謝っていたのかもしれない、と思うようになった。笑顔で「しぇー」をしながら、心の中でずっと謝ってくれていたんじゃないか、という気がする。

「ゆるしたの？」

わたしの質問に、お母さんは長い間をおいて答えてくれた。

「ゆるしてない」

冷たいはずの答えなのに、声は冷たくない。突き放しているのに、そんなふうには聞こえない。

「ゆるしてないけど……お母さんもおとなになったってこと」

お母さんはそう言って、よっこらしょ、とベンチから立ち上がった。

「よっちゃん、帰ろう」

「うん……」

「あー、でも、ひさしぶりに二丁目に来て、やっぱりよかったなあ」

「そう？」

「だって、すっきりした」

言葉だけでなく、公園を見わたす表情も晴れ晴れとしていた。

お母さんの言っていることは、じつはまだぜんぶわかっているわけではない。納得できないところもあるし、もっと訊いてみたいこともある。

でも、お母さんは、わたしの胸の内を見抜いたみたいに、ジャングルジムのほうを眺めながら言った。

「答えがすぐに見つかるものなんて、人生にはそんなにたくさんないのよ」

ふだんなら大げさすぎて困ってしまう「人生」という言葉が、すんなりと耳に流れ込んだ。

その言葉をお母さんがわたしにつかってくれたのが、少しうれしかった。

さっきの女の子はジャングルジムのてっぺんによじ登っていた。小学一年生ぐらいだろうか。ちょうどお母さんが岸本さんと出会った頃だろうか。

お母さんは、その女の子に、おーい、と手を振って挨拶をした。

知らないおばさんに挨拶された女の子はきょとんとした顔で、それでも、やっほー、と手を振り返した。

お母さんは満足そうにうなずいてわたしを振り向き、「帰ろうか」と笑った。

5

岸本さんが亡くなったのは、その週の水曜日だった。

結局お母さんは病院には行かなかった。水曜日の夜にミツコさんから連絡を受けたときも淡々と応えていた。

お葬式は金曜日の朝九時から営まれる。同窓会のメンバーには全員知らせることになったけど、平日の午前中なので、何人参列できるかはわからない。ミツコさんもパートタイムの仕事が月末で忙しく、どうしても休みがとれないのだという。

「難しいね、みんな仕事もあるんだし、会社を休んでまでお別れに行かなきゃいけない間柄かっていうと、そういうわけでもないし……」

お母さんは「ま、考えてみれば、みんな被害者なんだから」と自分であきらめをつけるように言った。

それでも、お母さん自身は半日の有給休暇をとった。

「二丁目の子が一人もいないんじゃかわいそうだから、わたしが代表っていうことで顔を出してくる。さっさとお焼香だけして、すぐに学校に戻るから」

お父さんは「そうだな、そうしてやれば岸本さんも喜ぶだろ」とうなずいて、お母さんを励ますように「でも、かえって平日のほうがよかったんじゃないか？」とつづけた。「ヘタに休みの日だと、行くか行かないかをよけい迷って、みんなも困っちゃうもんな」

「そうね……岸本のおじさん、最後の最後でみんなのことを気づかってくれたのかもね」

お母さんは自分の言葉をすぐに「いくらなんでも褒めすぎか」と打ち消して笑う。

お父さんは笑い返すだけで、あとはもうなにも言わない。

「お兄ちゃんにも、連絡だけしとくね」

お母さんはリビングから秀治伯父さんに電話をかけた。いちおう、念のために伝えておくけど……という事務的な感じで話を切り出した。

そこまではわたしもそばで聞いていたけど、お父さんに背中をつつかれ、あっちに行こう、と目配せもされた。お母さんはわたしやお父さんが聞いているのを承知で電話をかけたのだから、べつに気をつかう必要はない――理屈ではそうでも、たぶん、人生というものは、なんでもかんでも理屈どおりに割り切れるものではないのだろう。

「コンビニにおでんでも買いに行くか」とお父さんに誘われて、二人で外に出た。晩ごはんのあとだったのでおなかは空いていなかったけど、レジ袋を胸に抱きかかえておでんを持ち帰るときの、どんぶりの容器を通して伝わるほんのりした温もりを味わいたかった。

　夜空は晴れていた。そのぶん今夜も冷え込みそうだ。

　お父さんは歩きながら、「お母さんのこと、ちょっとうらやましいなあ」と言った。

「二丁目の住宅」で子ども時代を過ごしたことも、岸本さんに出会ったことも、秀治伯父さんのようなお兄さんがいたことも、ぜんぶ。

「いろいろ苦労はしてきたと思うし、岸本さんのことだって、やっぱりきれいさっぱり忘れるわけにはいかないと思うけど……お母さんは、そのおかげで、いい先生になってると思うなあ」

　なんとなくわかる気がする。でも、あまり簡単に「わかる」とは言いたくなかった。

　代わりに、「お父さんは？」と訊いてみた。「お父さんだって、自分のことをいい先生だって、いつも言ってるじゃない」

　お父さんは、「そりゃそうだよ、俺だっていい先生だ」とおどけて胸を張った。

　一人っ子のお父さんは、おじいちゃんとおばあちゃんが店の仕事で忙しかったし、大勢の友だちとわいわい騒ぐのも苦手だったので、部屋で一人で遊ぶことが多かった。本を読んだり、プラモデルをつくったり、マンガを描いたり……。

「だから、お父さんはおとなしくて引っ込み思案の子どもには強いんだぞ」

自慢していいことなのかどうか、よくわからない。でも、こういうのは「なんで？　なんで？」と訊いても無意味なんだろうな、というのはわかる。わかることがあったり、わからないことがあったり、わかったふりをしてはいけないことがあったり、わからないままだといけないこともあったり……人生っていろいろあるなあ、とわかってしまうのも、生意気なのだろう。

コンビニに着くと、お父さんに「適当に買ってきてくれ」とお金を渡された。

「お父さんは？」

「ばあさんに電話しなきゃ」

携帯電話を取り出して、「金曜日、お母さんたちが昼ごはん食べに寄るかもしれないから、座敷の席を一つ、予約しといてやろうと思って」と言う。

わっ、優しいねー、とからかってお店に入った。お父さんはふだんはぼーっとしていても、意外と細かい気づかいのできるひとなのだ。

でも、上には上がいた。買い物を終えて外に出たわたしを迎えたお父さんは、あきれたような、感心したような、なんともいえない苦笑いを浮かべていた。

事情を訊いたおばあちゃんは、すぐさま言ったらしい。

「じゃあ、お昼からは貸切にしてあげる」

お父さんはあわてて「そこまでしなくていいよ、どうせ集まっても四、五人だから、テーブルが一つあればいいんだ」と言ったけど、おばあちゃんは聞き入れず、さらにお母さんに伝言まで——。

「さっちゃんに、有給休暇は午前中だけなんてケチくさいこと言わずに、一日ぶんとっちゃいなさい、って伝えといて」

「いや、でも、佐智子も忙しいって言ってたから……」

「忙しくても大事なものはあるの、ちゃーんと。それを忘れるようなひとじゃないでしょ、あんたの奥さんは」

とにかく貸切。いつもは午後二時から五時までは中休みだけど、それも返上して、制限時間なしで二丁目子ども会御一行を迎えるという。おじいちゃんはふだんのランチタイムよりたくさんうどんを打って、酒の肴担当のおばあちゃんも夜の営業に負けないぐらい手の込んだ小鉢を取りそろえるらしい。

でも、ほんとうにそんなに集まるのだろうか。お父さんも「岸本さんってのがどういうひとなのか、ちゃんと説明したつもりなんだけどなあ……」と困惑して、「でも、なんかばあさんは自信たっぷりなんだよ」とため息をつく。

家に帰った。お母さんはもう電話を終えて、台所で洗い物をしていた。

「義兄さん、どうだった?」

お父さんが訊くと、水を止めて振り向いて「来るんだって」と言った。

「お葬式に?」

「うん、朝早く向こうを出て、焼香だけしてすぐに戻るんだけど……まさかお兄ちゃんが来るって言うとは思わなかったなあ……」

お母さんは不思議そうに首をかしげ、あ、そうだ、と付け加えた。

「お兄ちゃんに電話したあと、ミツコちゃんからも電話かかってきて、やっぱりお葬式に出るから、って」

「仕事は？」

「うん、かなり強引に休みをとったみたい。文句言うんだったら、辞めてやってもいいんだから、なんて言ってたよ……」

電話が鳴る。はいはいはーい、とお母さんが受話器を取る。

二丁目の友だちから――。

「あ、そう、ヤスオちゃんも来るって？　あとは？　エミちゃんとフミちゃんのきょうだいもだいじょうぶなの？　すごいね、あの子たちに会うのって何年ぶり？」

わたしとお父さんは顔を見合わせた。

「あとは？　あとは？」とうながしながらメモを取るお母さんの背中は、戸惑いながらもすごくうれしそうで、やがて、肩が小刻みに震えはじめた。

金曜日の夜は、お父さんの手作り特製カレーが、先週につづいて食卓に登場した。

おばあちゃんの予想が正しかったかどうかは、それが答えになる。

カレーはあいかわらずニンニクが利きすぎていたけど、先週よりずっとおいしかった。

午後九時を回っても、わが家には、お父さんとわたしの二人だけ――『峠うどん』に夕方まで
いた二丁目子ども会御一行さまは、峠から街に下りて、二次会だか三次会だかに繰り出していた。

「やっぱりねえ、『しぇー』のおじさんの供養《くよう》は、これよね、これ、みんな仲良く、おとなになってもずーっと仲良くしてるから安心してくださーいって、おじさんに教えてあげてるの」

帰りが遅くなることを電話してきたお母さんは、呂律のあやしい陽気な声で言っていた。

先週の同窓会に集まったメンバーが全員、一人も欠けずにそろった。いつもは同窓会に来ないひとたちも集まった。みんな丸一日の有給休暇をとったり、営業の外回りに出かけたふりをしたり、小さな子を実家に預けたりして、腰を据えて、飲んで、食べて、しゃべって、笑って、懐かしんで、たぶん、泣いた。

秀治伯父さんも、結局日帰りをあきらめた。

「ビジネスホテルに予約入れたらねえ、もうそれで開き直っちゃって、呑む呑む呑む呑む、お兄ちゃんがこんなに呑むのって、わたし、初めて見たよ」

いつもの酔っぱらったお母さん。いつもの同窓会のお母さん。でも、お母さんは――幼なじみはみんな、その前に、岸本さんとお別れをしたのだ。

電話を切ったあと、お父さんに訊いた。

「お焼香したとき、お母さん、どんなこと思ってたんだろうね」

お父さんは、さあなあ、と笑うだけだった。

「お父さんにはわかるんじゃないの？」

「そんなことないって」

「そう？　でも、見当ぐらいつくんじゃないの？」

わたしなら、と想像してみた。祭壇の前でお焼香するお母さんは、岸本さんの遺影を見つめて、心の中で語りかける。「もうみんなゆるしてるよ」か、「みんなと仲良くしてくれてありがとう」か、意外と「ごめんなさい」か……どれもありそうだなあ、と思う。

でも、お父さんは笑って首を横に振った。

「見当をつけてもしょうがないだろ。お母さんのことはお母さんにしかわからないんだ」

おじいちゃんと同じことを、おじいちゃんよりずっと優しく、諭すように言った。

「わからないままでいいんだよ、そういうのは」

「……うん」

また失敗した。わかったようなことを言ってしまった。むずかしい。おとなまでは、まだ道は遠い。学校の勉強は「わかりません」だとだめなのになあ……と、うつむいてイジイジしていたら、お父さんの携帯電話にメールが着信した。

「お母さんからだぞ」

画像付き。件名は〈しぇー〉。メッセージは〈ごめんなさい、帰りもう少しかかりそうなので、先に寝ていてください〉。

携帯電話の小さな画面いっぱいに、お母さんの「しぇー」が表示された。

どこかの居酒屋のお座敷で、喪服姿のオバサンが「しぇー」――。

写真のお母さんは目を閉じていた。たまたま撮影したタイミングがまばたきのときだったのか、それとも最初から、祈りを捧げるように目をつぶっていたのか。

わからないままにしておこう、と決めた。

第三章　おくる言葉

1

じゃんけんの予選を突破して、あみだくじの決勝でもみごとに「あたり」を引きあてた。

タイヤクをおおせつかった。ただし、漢字で書くなら「大役」よりもむしろ「大厄」。

だから、予選を通過できなかった友だちも、決勝で負けた友だちも、心底ほっとした顔になって「よっちゃん、おめでとう！」とイヤミに祝福してきた。

「運命の赤い糸がつながってたんだよ、よっちゃんとモトジマ先生は」

「シマモト先生も、よっちゃんに挨拶してもらったら本望だって」

勝手なことばかり言う。そして、いいかげんなことばかり言う。モトジマでもシマモトでもなく、あの先生の名前は「トモジマ」――友島《ともじま》先生なのだ。

「よっちゃんの挨拶に感動して泣いちゃったらどうする？」

「感激のあまりステージで抱きついたりして」

みんな、めちゃくちゃなことしか言わない。友島先生の顔もぼんやりとしか浮かばないくせに。と言うわたしだって、若いオンナの先生だよね、たしか、なんとなく、としか思い出せないけど。

最後はアタマに来て、「いいよ、本番は休んじゃうから」と言い返してやった。「くじびき、やり直しだからね」

みんなはひええーっと本気で震えて、「わたしも休む」「じゃあ、わたしも行かない」と言いだした。さすがにわたしだって、ずる休みをするつもりはない。でも、タイヤクが嫌で嫌でしかたないことは確かだった。

三月は、お別れの季節だ。先週卒業式がおこなわれ、来週には三学期の終業式がある。教師の人事異動も発表されて、ウチの学校からは三人の先生が転出することになった。

そこまではあたりまえの話だけど、ウチの学校には面倒くさい伝統がある。終業式のあとで、転出する先生のお別れ式を開くのだ。

主役の先生がステージに並んで、まず校長先生が挨拶をして、生徒会から花束贈呈、先生一人ひとりに生徒代表がお礼の言葉を言って、締めくくりに主役の挨拶があって、おしまい。

ステージの下から眺めているぶんには気楽な式だし、先生と生徒の組み合わせによっては感動的な時間にもなる。去年がそうだった。生徒から絶大な人気を集めていた先生が転出したときは、お礼の言葉を言う生徒は最初から最後まで泣きどおしだったし、先生も挨拶の最後には感極まって男泣きして、最後は先生と生徒一同の間で「ありがとう!」「ありがとうございました！」「忘れないぞ！」「忘れません！」と、号泣の掛け合いにまでなって大いに盛り上がったのだ。

確かにそういう展開になってくれれば、お別れ式を開くことにも意味と意義がある。

でも、そんなふうにはならない、というか、できないときだってある。

そもそも、生徒が先生にお礼を言うというのが、わたしには納得できない。

学校の先生は授業をすることが仕事だ。給料だって、ちゃんともらっている。わたしたちが「この先生にぜひお願いします！」と頼み込んだのならともかく、生徒は教師を選べない。一方的に押しつけられるだけだ。テレビで評論家のセンセイも言っていた。学校も生徒はお客さんだという意識を持たなければなりません——学校がお店で、教師は店員さん。だとすれば、お礼を言うのはむしろ先生のほうなんじゃないか、と思う。


「違うだろ、それは」

お父さんはムッとした顔で言って、「なんでこっちが生徒にお礼言わなきゃいけないんだ」と箸を置いた。

ヤバっ、とわたしは肩をすくめた。地雷を踏んでしまった。

「仰《あお》げば尊《とうと》しわが師《し》の恩《おん》、って聞いたことあるだろ。勉強を教わるのは大切なことなんだ。勉強だけじゃないぞ。世の中のこととか、生きることとか、先生はいろんなことを教えてくれてるんだ。いくらお礼を言っても足りないくらいなんだぞ、ほんとうは」

まああ、と苦笑いでなだめるお母さんも、本音ではお父さんに賛成しているみたいだ。ウチの両親は二人とも小学校の教師だから、それも当然だろう。ちなみに、生徒＝お客さん説を唱える評論家のことは二人とも大嫌いで、テレビでそのセンセイを見るたびに「あんなヤツに教育を語らせるな」とか「そうよ、現場のことなにも知らないくせに」とか、文句ばかり言っている。

「淑子だって、この先生に教えてもらってよかったなって思う先生いるだろ？」

「うん……」

「そういう先生には、やっぱり、ありがとうございました、お世話になりましたって言いたいだろ？」

「言いたいよ。でも、ステージに上がって、マイク使って、ほかの先生にチェックしてもらった原稿を読んでお礼を言うのって、やっぱりなんか嘘っぽいと思うけど」

するとお母さんが「そういうのはセレモニーだから。形が大事なのよ。紋切《もんき》り型《がた》のほうがかえっていいときだってあるの」と言う。わが家はお父さんのほうが熱血教師タイプで、お母さんは現実主義だ。

「でもね」

わたしは食卓に身を乗り出した。このままではラチが明かない。二対一では議論をしても勝ち目はないし、わたしはまだ一番大事なことを言っていない。

「友島先生の場合は、ちょっとワケが違うの。はっきり言って、セレモニー以下になっちゃうの」

生徒代表のお礼の言葉は、その先生が受け持っていた学年の生徒が言うことになっている。当然のことだ。ところが、友島先生が受け持っていたのは三年生なので、卒業式を終えた先輩たちはもう学校にはいない。部活動の顧問をしていれば部員が挨拶をすればいいけど、友島先生は部活動は担当していない。しかたなく、二年生の中から代表を選ぶことになって、わたしがみごとに「あたり」をひいてしまったわけだ。

「わかるでしょ？　わたしが友島先生にお礼を言う筋合いなんて、なーんにもないの」

「そんなことないだろ、直接教わってなくても、いままでいろんなところで……」

「ないの、それも」

友島先生がウチの学校に来たのは二学期の終わりだった。三年生の理科を受け持っていた石井先生が胃潰瘍《いかいよう》だか十二指腸潰瘍《じゅうにしちょうかいよう》だかの手術をして、そのまま学年末まで休むことになったので、急きょ臨時講師として迎えられ、三月に去っていく。別れを惜しんだり悲しんだりという段階には達していない。男子の中には「そんな先生いたっけ？」と真顔で言う子もいたほどなのだから。

さすがに両親も、「なるほどねえ」「そりゃ困るよな、確かに」と困惑した顔を見合わせた。

「でしょ？　だから、嘘っぽい挨拶するぐらいだったら、最初からやりたくないわけ」

「そんなこと言ったって、決まったんだったらやるしかないでしょ」

「そうだけど……」

割り切ればいい。頭ではわかっている。どうせ友島先生本人だって、楽しみになんかしていない。する理由がない。この学校での最後のおつとめだとクールに受け止めて、セレモニーに付き合ってくれるだけだ、きっと。

でも、それでいいわけ？　と自分に訊く自分がいる。誰かとお別れをするときって、ほんとうは、もっと、出て行くひとにとっても見送るひとにとっても大事な時間なんじゃないかと思う。

電話が鳴った。受話器を取ったお母さんは、短いやり取りのあと、お父さんを振り向いた。

「電話よ」

「誰から？」

「ボーズだって」

「はあ？」

「ボーズって言えばわかるから、って。まだ若いひと、男のひとなんだけど」

怪訝そうだったお父さんが、あ、もしかして、という顔になった。ちょっとあわてた様子でコードレスの受話器を受け取り、「はい、電話代わりました」と応えて、向こうの声を聞いた瞬間、「おーう、ボーズかあ」と懐かしそうな笑みが浮かんだ。

そのままお父さんは電話で話しながら、隣の和室に入ってしまった。受け答えの声が途中から沈んだ。「いや、おい、ちょっと」とあせった声も交じった。

ダイニングに戻ってきたお父さんは、「悪いけど、お客さんだ」と言った。「もう、いま、すぐそこまで来てるって」

やだ、なにそれ、とお母さんは口をとがらせた。

「あいつもなあ、いくつになっても変わらないってことだよなあ、しょうがないよなあ、ほんとに……」

お父さんも困った顔で、怒った顔で、でもどことなくうれしそうな顔でもあった。

「ね、お父さん、そのひとボーズって名前なの？」

「あだ名だ」

「友だち？」

「じゃなくて、お父さんが若い頃にいた学校の子なんだ。いまはもう三十ぐらいじゃないかなあ。クラス担任だったわけじゃないんだけど、有名人っていうかなんていうか、ほんと、悪ガキで悪ガキで、どうしようもなかったんだけどなあ……」

思いだすそばから笑いがこぼれ落ちる。わたしが一人っ子のせいか、お父さんは男の子には甘いところがある。

一方、お母さんはクールだ。「常識ってものがあるでしょ、常識が」とぶつくさ言いながら、「ほら、よっちゃん、あんたも手伝って」とリビングのソファーまわりを大あわてで片づける。

「で、そのひと、なんでウチに来るの？」

「うん……それなんだけど……」

お父さんが声を沈めて答えかけたとき、玄関のチャイムが鳴った。早すぎる。ほんとうにウチのすぐ近所から電話してきたようだ。

まったくもう、と本気で怒りだしたお母さんに、まあまあまあ悪い悪い悪い、と片手拝みしながら、お父さんは玄関に向かった。

訊きそびれていたあだ名の由来は、ボーズさんが部屋に入ってきた瞬間、わかった。

ボーズさんは、そのまんま、嘘いつわりなくボーズ――白衣に黒袈裟《くろけさ》を着たお坊さんだったのだ。

2

ボーズさんのことは、おばあちゃんもよく知っていた。

「ああ、王林寺《おうりんじ》の息子だろ。去年、修行先から帰ってきたんだよ」

『長寿庵』時代から数えると、斎場とお向かいさんになって、二十年近い。市内のお寺のことならおばあちゃんに訊けばなんでもわかる。

「これがまたバカ息子でねえ、修行先からも追い出されたって噂もあるし、ナマグサ坊主の荒くれ坊主で、このままじゃ寺は継がせられないって、お父さんも檀家《だんか》さんも困ってるのよ」

「すごくヤンチャそうなお坊さんだった」

「でしょ。高校時代は暴走族もつくって、警察のお世話にもなったんだから」

それはお父さんからも聞いた。ゾクの名前は「涅槃《ねはん》」、黒一色の特攻服の背中には般若心経《はんにゃしんぎょう》がびっしりと刺繍《ししゅう》されていたらしい。

お坊さんの資格を取るための大学にも、二浪したすえに、親のコネとけっこうな額の寄付金でなんとかもぐりこんだ。京都で過ごした学生時代は親からたっぷり仕送りをもらって遊びほうけて、三年も留年した。

そんなサイテーな経歴を自慢げにお父さんに話したボーズさんは、「ま、お釈迦《しゃか》さんだって悟りを開くには時間がかかったわけっスから」とのんきに笑っていた。

額の両側に剃《そ》り込みをギュッと入れて眉も細くした顔が、笑うと意外に優しそうに見えた。もともとの顔も、確かにガラは悪くても、ナイフのような鋭い殺気という感じではない。もっと間が抜けていて、単純そうで、ほっこりして……乱暴者のジャガイモみたいだった。

「けっこう、ひとがよさそうだったよ」

「そうそうそう、そうなの、悪いことは悪いけど、憎めない子なんだってね」

「お父さんも言ってた。子どもの頃から愛嬌《あいきょう》のある悪ガキだった、って」

だから、いきなり訪ねてきたボーズさんの頼み事を聞き入れて、今日は朝から昔の同僚に電話をかけまくっていた。

「やっぱりねえ、愛嬌っていうのも一種の生きる武器みたいなものだからねえ」

「武器って、大げさ」

「それがねえ、そんなことないのよ、あの子の場合は」

「なんで？」

「あの子、お母さんがいないの。小学校に上がる前に離婚しちゃって、家を出て行っちゃって、あの子は跡取りだからお父さんのほうに残ったんだけど……まあ、お寺のご寮さんっていうのも、なかなか難しいところがあるから、それにね、王林寺の先代の住職《じゅうしょく》ってのが、これがまたシブチンでね……」

以下、中略。

「ま、だから、あの子もあの子なりに寂しかったんだと思うよ。それでヤンチャなことばっかりやって、みんなの気をひいてたんじゃないかねえ。で、お母さんがいないぶん、いろんなひとに甘え上手になってるのかもしれないよね」

なるほどなあ、と納得顔になったのを、おばあちゃんは目ざとく察した。

「それで、王林寺のバカ息子がどうしたの？」

話せば長くなるし、おばあちゃんが知ってしまうと面倒なことになりそうな気もする。うん、まあ、べつにね、えへへっ、とごまかそうとしたけど、おばあちゃんは「ちょっとなによ、ひとにそこまでしゃべらせといて」――自分で勝手にしゃべったくせに、しつこく食い下がってくる。

そこに、厨房からおじいちゃんの咳払いが聞こえた。「出棺だぞ、もうすぐ」と低い声で、ぴしゃりと言う。

午前中の告別式が、そろそろ出棺の時刻になる。『峠うどん』の書き入れどきが始まる。おばあちゃんもさすがにムダ話をしている場合ではなくなって、「じゃ、あとでね」とお客さんを迎える準備にとりかかった。

わたしも厨房に入って薬味のネギをせっせと刻み、辛味《からみ》大根《だいこん》をおろす。

「おじいちゃん、ありがとと」

ひと声かけたけど、つゆの仕上げに入っていたおじいちゃんは、あいかわらず無愛想に「ん」とうなずくだけで、振り向いてもくれない。

やがてお店に喪服姿のお客さんが入ってきた。火葬のあとのお骨揚《こつあ》げまで立ち会うほどの親しい間柄ではなく、でも、出棺を見届けるだけではお別れがものたりない、そんな中途半端な心を抱えたひとたちが、おじいちゃんの打つうどんを啜るのだ。

ゆうべのボーズさんの顔が、ふと浮かんだ。

お父さんが出してきたお酒を「いやいやいや、どうもどうも」と遠慮なく飲みながら、「どうすればいいんスかねえ、俺」とため息をつき、遠くを見つめる顔になって、「人生最後の大舞台っスもんねえ……」とつぶやいていた。

その表情は、『峠うどん』でうどんを啜るお客さんの顔と、よく似ていた。

「デビュー戦」と、ボーズさんは冗談交じりに言っていたのだ。

「親父なんかは思いっきり反対してるんですけど、しょうがないっスよねえ、向こうのご指名なんスから。やっぱ、主役の思いをかなえるのも供養ってもんでしょ」

からからと笑っていても、ほんとうは笑い飛ばせるような話ではなかった。

わたしと一緒に台所にいたお母さんは、ときどきリビングの様子をうかがって、最初は「あれでもお坊さんなの?」とムッとしていたけど、しだいにボーズさんの話にじっと聞き入るようになった。ボーズさんのふざけた態度が、悪ガキのせいいっぱいの強がりだとわかったから。

小学校時代の恩師が、もうすぐ亡くなる。藤村《ふじむら》先生という女の先生だ。お父さんもボーズさんの通っていた学校に勤めていた頃、とてもお世話になったのだという。

「お父さんよりずーっと先輩なんだけど、ほんとにしっかりした先生でな、キツいところもあったけど……教育に信念を持ってたんだ、うん、ああいう教師はもういなくなっちゃったよなあ」

七十歳を過ぎた藤村先生は、いま市民病院にいる。末期ガンの宣告を受け、よけいな延命治療を断って、最後の日々を静かに過ごしていて、それももうじき終わる。三月に入ってから血圧が下がり、意識も混濁《こんだく》して、いつ息を引き取ってもおかしくない容態らしい。

でも、藤村先生は体が思いどおりに動くうちに、身の回りの始末はすべてつけていた。遺言状を弁護士に預け、形見分けのリストもつくって、会っておくべきひとに会ってお別れもすませ、思い残すことなく旅立つ。

その旅立ちが、ボーズさんにまかせられた。息子さんを通じて、お葬式の導師《どうし》はぜひボーズさんにお願いしたい、という連絡が王林寺に入ったのだ。

「えらいよ、ほんとうにえらいよ、藤村先生は。こういうときに昔の教え子のことが浮かぶなんて、ふつうありえないもんなあ……」

お父さんは今朝になっても感激していた。

確かに、一年生から六年生までずっとクラス担任だったとはいえ、ボーズさんが小学校を卒業したのは、もう十五年以上も昔のことなのだ。

「まいっちゃいますよ、マジ、こっちはもう藤村のおばちゃんのことなんて、全然忘れてたんスから。モテる男はつらいっスよねえ」

ひゃはは っ、と笑う。

それが最後の強がりになった。

笑ったあとで深々とため息をついて、そこからやっと本音が漏れた。

「俺……できないっスよ、先生の導師なんて……」

「そんなことないさ。気持ちだよ、気持ち」

「親父が横についててくれるんスけど、いやマジに、引導《いんどう》に失敗しちゃうと成仏できないじゃないっスか。それってマズいでしょ」

「まあなあ……」

「で、引導渡すときに香語《こうご》を読むんスよ」

お葬式でお坊さんが、故人の遺徳をたたえて読み上げる言葉だ。四季折々のものから故人の職業別のものまで、昔から受け継がれてきた香語はたくさんある。

「ふつうは香語集から、雰囲気の近そうなものを選んで読むんスよ」

たとえば、とボーズさんは袂《たもと》から蛇腹《じゃばら》になった香語集を取り出した。

「藤村先生みたいに、ばあさんになって亡くなったひとなら、こんなのを読むわけっス」

盛者必衰《じょうしゃひっすい》の念　何ぞ頻《しき》りなる
無常迅速《むじょうじんそく》の理《ことわ》り皆《み》な均《ひと》し
世尊《せそん》示して曰《いわ》く　世は是《か》くの如《ごと》し
智慧《ちえ》の明灯は苦の因を破《は》すと
恭《うやうや》しく惟《おもんみ》れば　新帰元なんとかかんとか霊位
心地《しんち》馥郁《ふくいく》として　胸裡温良《きょうりおんりょう》なり
善根《ぜんこん》を心田《しんでん》に植えて　覚樹将《かくじゅまさ》に秀《ひい》でんとす
積善《せきぜん》を茶飯《さはん》に養い　心華《しんげ》已《すで》に香《かんば》し

「……って感じで、まだしばらくつづくんスけど、ま、そういうの読むわけっス」

生前に教師だったひとのための香語も、ちゃんとある。

「これをそのまま読んじゃうのが、いちばん無難ではあるんスけどね」

性を清明に受け　学舎に俊敏を示し

志を師範《しはん》に致し　育英に心肝《しんかん》を運ぶ
訓導は朝夕《ちょうせき》　孜孜《しし》として童《わらべ》を育《はぐく》み
教鞭《きょうべん》は春　秋《しゅんじゅう》　密密《みつみつ》として理を通ず

二つの香語を読み上げたボーズさんは、香語集をパタンと閉じた。

「確かにきれいな言葉なんスけどねえ……なんか俺、ちょっと嫌なんスよ。坊さんとしては、これをきっちり読むのが仕事なんスけど、なんつーか、俺の中の、坊さんじゃない俺が許さないっつーか……」

わかる。すごく、よくわかる。思わず台所から出て行って、「わたしも同じことで悩んでるんです！」とボーズさんの手を握りたいぐらいだった。

お父さんもわたしの話を思いだしたのだろう、「嘘っぽい、ってことか」と言った。

「そう、そうなんスよ。やっぱ、さすがっスねえ、俺の気持ち一発でわかってくれて」

「いやいや、教師なら当然のことだよ」

余裕たっぷりに謙遜《けんそん》して、「ただ、お葬式ってのはセレモニーなんだから、かえって紋切り型のほうがいい場合もあるんじゃないかな」と、どこかで聞いたことのあるような言葉をつづける。

でも、ボーズさんは納得しなかった。

「俺、年賀状とか全然出してなかったから、病気だってことも知らなくて、意識のあるうちにお見舞いにも行けなくて……それが悔しくて……申し訳なくて……たまんないんスよ、マジに……」

だから、オリジナルの香語をつくりたい。

「そういうのって難しいんじゃないのか？」

「死ぬほど難しいっス。いろんな決まりごとが山ほどあって」

父親の住職に相談したら、頭を一発はたかれて、この身の程知らずが、バチあたりが、と叱られたらしい。

それでも、ボーズさんはあきらめきれない。ほんのひと言ふた言で終わってしまう香語でもいいから、とにかく自分の言葉で、藤村先生に引導を渡したい。最高の言葉を捧げたい。そう思って、少しでも先生のことをくわしく知りたくて、古い名簿を頼りに先生と同僚だったひとを一人ずつ訪ねているのだという。

「いまにして思うと、藤村先生って、俺の母ちゃんみたいなもんだったんスよ」

「うん……」

「でも、俺、連絡来るまで、先生のこと忘れてて……まさか先生が俺のことまだ覚えてくれてるなんて思ってなくて……だから、俺……もう、なんつーか、俺……」

ボーズさんがハナを啜る音をさえぎって、お父さんは「よしっ」と声を張り上げた。

「俺も協力する。うん。まかせろ。藤村先生と一緒だった先生の連絡先、ぜんぶ調べて、教えてやるから」

「マジっスか？」

「ああ。お別れは人生でいちばん大事なことなんだ。どんなにこまやかでも、こまやかすぎるってことはないいんだ。いいぞ、ボーズ、見直したぞ。おまえは立派におとなになったんだ」

わたしとお母さんは台所であきれ顔を見合わせた。お父さん飲みすぎてるね、とわたしが小声で言うと、お母さんは黙って肩をすくめた。


混み合った『峠うどん』の客席と厨房をせわしなく往復しながら、わたしは喪服姿のお客さんたちの様子をちらちらとうかがった。

みんななんともいえない複雑な表情をしている。話し声はぼそぼそと低く沈んで、お酒を飲んでいるひともほとんど笑わない。

午前中に出棺したのは、交通事故で亡くなった四十代のひとのお葬式だった。働き盛り。きっと奥さんや子どももいるだろう。突然の事故死だから、誰だって心の準備なんてできていない。精進落としに顔を出すほどの近さではないからこそ、気持ちにどう折り合いをつければいいのかわからないことだってあるだろう。そんなひとたちが、ここに来る。どんぶりに顔を埋《うず》めて、熱いうどんを黙々と啜る。

どんなに混み合っていても店内がにぎやかになることはない、いつもの『峠うどん』だ。見慣れた光景だ。

ふだんなら気に留めない。というか、気に留めるのは失礼なんだ、と自分に言い聞かせている。

でも、今日は、お店にいる一人ひとりに訊いてみたくてしかたなかった。

あなたは、亡くなったひとに、どんな言葉でお別れを告げたんですか――？

思い出がたくさんありすぎるひとは、それをどんなふうにまとめてお別れの言葉にしたんですか――？

思い出がそれほどなかったひとは、「ご冥福をお祈りします」以外には、なにも言えなかったんですか――？

ボーズさんとわたしは、同じことで悩んでいても、やっぱり全然違う。

ボーズさんは藤村先生をおくる最高の言葉を見つけられるかもしれない。

でも、わたしは、友島先生をおくる言葉を見つけるもなにも、最初からゼロだ。ボーズさんの世界の言葉で言うなら「無」で「空」だ。

数学の授業であてられたときみたいに「考え中でーす」ですませられたらいいのに。

3

お別れ式を担当する伊《い》原《はら》先生は、過去十年間の挨拶の原稿をファイルにしていた。

どんなことを話せばいいかわからない、と相談すると、あっさり「難しく考えなくていいんだよ」と言って、ファイルをぱらぱらとめくる。

「直接教わってない学年が挨拶をしたのは何度かあるし、べつに思い出を話さなくても、これからもお元気でがんばってくださいとか、エールを贈ってもいいんだし」

ほら、このあたり参考にして、と原稿のコピーを渡された。

「自分でオリジナルでつくっても……いいんですよね？」

「ああ、そりゃあかまわないけど、ただアレだぞ、全体で十分間っていう時間が決まってるんだからな、挨拶は一分以内にしてくれよ」

「はあ……」

「いま渡した原稿は、どれも一分以内でまとまってるはずだから、参考にすればいいんじゃないかな」

はっきりとは口にしなくても、オリジナルなんて無理無理無理、という表情だった。ヘタに張り切って時間をオーバーしてしまうぐらいなら、素直にお手本どおりにやってくれよな、と言いたげな顔つきでもあった。

「あの、それで……友島先生にウチの学校の思い出とか訊いたりしたいんですけど」

「んー？」——語尾が上がって。

「毎日ってわけじゃないですよね、友島先生が学校に来るのって。何曜日なんですか？」

「んー」——下がる。

頭ごなしに叱ったりキツい言葉をぶつけたりしない先生は、たいがい、面倒くささの隠し方が甘い。

「もう来ないんじゃないかな、友島先生は」

「そうなんですか？」

「うん。だって三年生の理科だけだったんだから、卒業式のあとは来る理由がないだろ。終業式にだけ来て、それで終わりだ」

「じゃあ……家の電話番号とか、住所とか、教えてください」

伊原先生は「んー、んー、んー……」と語尾を上げたり下げたりしながらしばらく考えて、結局、個人情報の保護とかなんとか理屈をつけて教えてくれなかった。

そのかわり、がっかりして職員室を出て行くわたしの背中に「一分以内だからな、時間厳守だぞ」と念を押すことは忘れない。

きっと、伊原先生にも友島先生の思い出なんてなにひとつないのだろう。


顔なじみの三年生に片っぱしから電話をかけて友島先生のことを訊いてみても、どの先輩も「これ！」という強烈な思い出は持っていなかった。

最後の先輩に電話をして、やっぱり収穫ゼロで終わって受話器を置くと、自分のやっていることが急にばからしくなってしまった。

「クラス担任ってわけでもないし、とにかく受験前に教科書を最後まで終わらせることで一杯だったから、授業中も雑談なんかしてる余裕なかったんだって」

電話のあと、ミカンをヤケ食いしながら、お母さんに愚痴をこぼした。思い出が見つからなかったことも悔しいけど、友島先生が生徒になにも思い出を残してくれなかったということが、もっと悔しい。

「だって、あの先生、卒業アルバムにも出てないはずなんだよ。十月の運動会までしか写真撮ってないし、友島先生が来たのって十一月の終わりだから。アルバムに写真も残ってない先生のことなんて、先輩たち、絶対にすぐに忘れちゃうよ。そんなのでいいの？　お母さんなら嫌じゃない？　生徒にたくさん自分のこと覚えててほしいって思うでしょ？」

お母さんは「まあねえ……」と苦笑交じりにうなずいて、リビングをちらりと見た。

「思い出が多すぎるってのも、それはそれで大変なんだけどね」

だね、とわたしも苦笑してうなずいた。

そのやり取りが聞こえて、お父さんに「うるさい！　気が散るから向こうでしゃべってくれ！」と叱られてしまった。

リビングのテーブルの前に、あぐらをかいて座り込んでいる。テーブルには、ノートパソコンと、乱暴な字で走り書きしたメモの束と、飲みさしのコーヒーと、吸い殻が山盛りになった灰皿。そして、煙草《たばこ》の煙以上にもうもうと、不機嫌さが立ちこめている。

「まいっちゃうよなあ、ほんと、あのクソ坊主、なんで俺がこんなこと……」

煙草をいらだたしげに消して、すぐに新しい煙草に火を点《つ》ける。膝を貧乏揺すりさせ、パソコンのキーボードをちょっと叩いては、舌打ちとともに文字を消去する。

「あいつは、ほんと、ガキの頃から調子がよくて、ずうずうしくて、なんだかんだうまいこと言ってひとを丸め込むのが得意で……ろくなおとなにならないって思ってたんだ、俺はもう、ずーっと……」

ゆうべから文句を言いどおしだ。

お父さんがカリカリくるのも、よくわかる。

ボーズさんの悪ガキぶりは、わたしの予想を超えていた。お父さんが親切に藤村先生の同僚リストをつくってあげると、「じゃあ、悪いんスけど、先生、一発バーッと電話かけて、藤村先生がどんな先生だったのかみんなに訊いて、こんなことがあった、あんなことがあったって、ちょろっと書いといてくれませんか」――自分はお彼岸の檀家回りとお経の特訓で忙しいから、とケロッとした顔で言うのだ。

とんでもない話だ。ずうずうしいにもほどがある。お父さんもお父さんだ。おひとよしすぎる。そんなの、「ふざけるな！」と一喝して、やめてしまえばいいのに。

でも、おばあちゃんが言っていたとおり、ボーズさんは確かに甘え上手だった。不思議な人なつっこさと、どんなにヒンシュクを買っても最後の最後は「しょうがないな、こいつは……」で許されてしまう愛嬌がある。

お父さんだって、口ではさんざんボーズさんのことを悪く言っているけど、手抜きなし。リストアップした全員に律儀《りちぎ》に電話をかけて、藤村先生にまつわるエピソードの数々を年表の形にまで整理しているのだ。

「まあ、俺も藤村先生のことは尊敬してたし、現役時代の藤村先生の仕事ぶりを知るのも勉強のうちだ」

　気を取り直して、コーヒーを啜る。

「それに……ボーズは、ほんとに藤村先生のことが大好きだったんだから……少しでもたくさん、先生のこと、教えてやりたいよ」

　お母さんに出してもらった目薬をさして、赤く潤んだ目をまたたきながら、「居残りで勉強を教えてやってるようなもんだ」と笑う。

　自分の親のことを褒《ほ》めるのはナンだけど、そういうのって、いいな、と思う。

　両親を尊敬しているのかどうかと訊かれたら、正直言って、よくわからない。ただ、わたしがもしも小学生に戻れたら、お父さんとお母さんにクラス担任をしてほしい。二人はきっと、わたしの大好きな先生になるだろう。それってじつはすごいことなんだと、伊原先生みたいなひとを見るたびに思うのだ。


　お父さんは二晩がかりで藤村先生の年表を仕上げた。パソコンのプリントアウトを貼り合わせて巻物のようにした力作だ。

「どうだ、すごいだろ。藤村先生一代記だ。ボーズもよけいなことせずに、この年表を端から読んでいけばいいんだよ」

　徹夜明けのお父さんは、わたしが起きてくるのを待ちわびて、ほら見ろ、よく見ろ、どうだ、と自慢した。

ただし、それは力作すぎた。「さっきから気になってたんだけど……」とお母さんが遠慮がちに、心配そうな顔で声をかけた。「ファックスで送れるの？」

お父さんは「あ」の形に口を開いて、絶句した。巻物が手からぱらりと落ちる。

「だいじょうぶだよ、お父さん」わたしはあわてて言った。「データのまま、メールで送ればいいじゃん」

でも、お父さんは巻物を広げた姿勢のまま首を横に振って、「ボーズは、携帯メールしかやらないんだよ、これ、フォーマットをくずさずに送れるのかなあ……」と途方に暮れた顔で言った。

「じゃあ、ウチか学校に取りに来てもらえばいいじゃない。それくらいやらせなきゃダメよ、甘やかしすぎるのよくないわよ」

お母さんの言葉に、お父さんもうなずいた。

わたしは右手をすっと挙げた。学校とは違うのに、つい。お父さんもつられて「はい」と指名して発言を許可した。

「わたしが持って行こうか？」

自分でもびっくりした。考えて言った言葉ではなかった。右手だって、挙げたというより、ほとんど勝手に挙がっていたのだ。

終業式を明日に控えて、学校は午前中で終わる。午後は理科準備室を訪ねて、同じ理科の先生たちに友島先生のことを訊《き》いてみるつもりだった。でも、そんなに話は長引かないだろう。

明るいうちにボーズさんを訪ねることができるはずだ。

「よっちゃんが行くことないわよ。そんな暇があったら勉強しなさい。英語、このままだと来年は大変なことになっちゃうわよ」

お母さんはあくまでも現実主義だったけど、お父さんは違った。わたしと目が合うと、力んだ顔で大きくうなずいてくれた。もともとの盛り上がりやすい性格に加えて、徹夜明けで気持ちが高ぶっていたのかもしれない。

「よし、わかった。行ってこい」

「いいの?」

「うん……」

床に落ちた巻物を拾い上げ、巻き直しながら、「ボーズが寺にいたら、伝言しといてくれ」と言った。

「年表、ボーズが教わってた六年間は、すっぽり空けてあるから、って」

4

学校に四人いる理科の先生は、職員室だけでなく理科準備室にも自分の机を持っている。生徒にとっての部室のようなものだ。職員会議のとき以外はたいがい理科準備室のほうにいるし、今日みたいに授業のない日も自然と準備室に集まる。そこも生徒と同じ。生徒だって教室より部室のほうが、ずっと居心地がいいのだ。

友島先生もそうかもしれない、と期待していた。そうだといいな、と友島先生のために思った。職員室で先生が使っていた席は、入院した石井先生の席だった。でも、私物をそのままにして入院してしまったので、友島先生は机に自分の物をしまうどころか、ひきだしを開けることにすら気をつかっていたらしい。せめて理科準備室ではリラックスして、話題も共通するはずの理科の先生同士、おしゃべりを楽しんでいてほしかった。

でも、理科の先生たちに訊いても友島先生の思い出話はほとんど出てこなかった。そもそも理科準備室に顔を出すこともめったになかったという。

「三年生の授業のある日しか学校に来なくていいようにしたし、授業と授業の間の空き時間もなくなるように時間割を調整したから、授業のときだけパッと来てパッと帰るっていう感じだったの」

二年生を受け持つ山本先生はそう言って、「けっこう大変だったのよ、調整するの」と付け加えた。

「それって、友島先生のリクエストだったんですか？」

「そういうわけじゃないけど、急にお願いしたわけだし、あの先生はほかの学校でも産休で臨時に教えてるから、こっちの仕事で負担をかけると申し訳ないでしょ？」

なるほど、とわたしはうなずいた。胸の奥に微妙なひっかかりはあったけど、言い返すことはできない。理科準備室にいたほかの先生も、そうそう、そうなんだよ、と口々に言って、なんとなく、もう友島先生のことは忘れかけているみたいだった。

そして、もしかしたら、友島先生のほうだって――。

「野島さん、ずーっといろんな先生に訊いて回ってるんだってね。どう？　挨拶まとまりそう？」

山本先生に逆に訊かれた。「難しいです……」と素直に答え、まだ真っ白なメモ帳に目を落とした。

「気持ちはわかるけど、あんまり考え込まないほうがいいんじゃない？」

「はい……」

「野島さんは友島先生と話したりしたことあるの？」

「ないです」

「でしょ？　だったら無理しないでいいわよ」

「でも……」

言いかけると、いいからちょっと聞いて、と制された。

「あなたは思い出とかメッセージとか、そういうのをすごく大事にする性格だよね。それはいいことなんだけど、そうじゃないひとだっているの。もっとクールに、さらっとお別れしたいと思ってるのに、重たーいメッセージを贈られたら、かえって困っちゃうこともあると思うのよね……」

友島先生がそうだ、と言ったわけではなかった。でも、先輩からチラッと聞いた噂話がある。友島先生は最初はお別れ式に出席するのを億劫《おっくう》がっていたらしい。じかに教えた三年生がいるのならともかく、一年生と二年生しかいないのなら出てもしかたない、というのが先生の考えだった。

学校側が、恒例の行事だから、示しがつかないから、となんとか説得して出席することになったものの、きっと友島先生の中では、もうウチの学校ですごした三ヵ月は「すんだこと」になっているのだろう。何年かたてばきれいさっぱり忘れ去ってしまうのかもしれない。でも、わたしたちのほうも、おそらくすぐに先生のことを忘れてしまう。お互いさまなのだ。

「明日は軽く笑ってお別れしてあげれば？」

山本先生は、ねっ、と笑った。

わたしはうつむきかげんに笑い返して、メモ帳を閉じた。

ボーズさんは王林寺の本堂にいた。お勤めをしていたわけではなく、だだっ広い本堂の真ん中に大の字になって寝ころがって、ご本尊さまを見つめていたのだ。

わたしが庭から上がってきたことに気づくと、寝ころんだまま、おう、と片手を軽く挙げて、ゆっくりと起き上がる。もったいぶった態度にムッとしたけど、振り向いたボーズさんの顔を見たとたん、背筋がこわばってしまった。

わが家を訪ねてきた五日前に比べて、顔が一回り小さくなった。目の下に隈《くま》ができて、頬もコケている。

「……病気してたんですか？」

「ゆうべからメシ食ってなくて、寝てないだけだよ」

藤村先生の息子さんから、ゆうべ電話があった。静かに、眠るように亡くなったのだという。家族や身内に手間暇をかけさせたくないという先生の遺志で仮通夜はおこなわず、今夜がお通夜、明日の午前中にお葬式をする。

住職さんはぎりぎりまで迷いながらも、やはり故人の遺志を尊重して、お葬式の導師をボーズさんに譲ることにした。そのぶん、今夜のお通夜でしっかり読経してくれるらしい。

ボーズさんは明日に備えて、ゆうべから本堂にこもった。

お経をあげるときは、おなかがからっぽのほうがいい声が出る。おなかを空洞にして、そこで声を響かせるのだ。徹夜をしてよけいな体力を削っておくのも大切な準備だった。お経というのは、ただの朗読や朗詠《ろうえい》とは違う。体力に余裕を持ってペース配分を考えて、というのは、ほんとうは間違っている。特にお葬式であげるお経は、亡くなったひとを迷いなく送ってあげるための、生と死の架け橋のようなものだ。全身全霊を込めて、引導を渡したあとには倒れてしまうぐらいがスジ――と、おばあちゃんから聞いた。

「でもさ、藤村先生も物好きっていうか、変わってるよな。俺みたいな半人前にまかせて成仏できなかったらどうするんだろうなあ」

あきれたように笑う。だから本気なのだ。真剣なのだ。

「飲まず食わずで徹夜するのって、藤村先生だから、ですか？」

常識のあるお坊さんなら、「いえいえ、御仏《みほとけ》の前ではみんな同じです」と無難に答えるだろう。

でも、ボーズさんは「あったりまえだろ」と力んで言った。「そんなの、いちいちみんなの葬式でやってたら、こっちの身がもたねえよ。死んでから初対面の奴なんか、そんなの知ったこっちゃないっての」

やっぱり、悪ガキ坊主。でも、その正直さが意外と気持ちよかったりする。

「先生だからな……ほかの奴らと同じなわけないだろ……」

ご本尊を見上げる。

「ウチのご本尊、慈母《じぼ》観音《かんのん》なんだ。ガキの頃から、寺の仕事とか跡を継がなきゃいけないこととか、とにかく家のことはぜんぶ嫌いだったんだけど、このご本尊だけは、なんか好きでさ……親父に叱られたあとなんか、よく、こうやって寝ころがってご本尊さまを見てたんだ」

また、大の字に寝ころがる。不思議だった。具体的な思い出を聞いたわけではないのに、本堂に一緒にいるだけで、お母さんのいない悪ガキの寂しさが伝わってくる。広くて薄暗い本堂は、子どもの体や心で見つめると、もっと広くて、もっと暗かっただろう。その真ん中にぽつんといる悪ガキの小さな背中が、わたしにも確かに見える。

「空きっ腹に睡眠不足だから、もうフラフラでさ……そういうときに幻覚とかを見るわけだよな」

「なにか見えたんですか？」

「うん」

「どんなのが？」

「ご本尊さまの顔が、藤村先生の顔になった」

ウソだよバーカ、と笑う。その顔も小学生の悪ガキに戻っていた。


お父さんがつくった巻物を、ボーズさんは合掌と一礼をして受け取った。

藤村先生が若い頃から定年退職するまでの思い出の数々を、じっくりと時間をかけて、一年一年を嚙みしめるように読んでいった。

ときどき、そうそうそう、と笑いながらうなずいたり、へえ、とびっくりした顔になったりする。本堂にうっすらと射し込む春の午後の陽射《ひざ》しに浮かび上がる表情は、悪ガキ坊主には似合わないほどおだやかで、うれしそうで、でも、やっぱり寂しそうで悲しそうだった。

そして、最後まで読み終えるとまた合掌して、「勝った」と笑う。「俺がいちばんいい思い出持ってるな」

「どんな思い出なんですか？」

「スズムシの葬式」

「……って？」

六年生のときに、クラスでスズムシを飼っていた。寒くなってそのスズムシが死んでしまうと、藤村先生は校庭の隅にお墓をつくった。

「お墓をつくったら、やっぱり坊主の出番だろ。お経あげなきゃ成仏できないだろ」

「はい……」

「で、俺の出番になったってわけ。よく考えたら、それが俺のほんとうのデビュー戦だったんだよなあ」

悪ガキだった。しょっちゅう藤村先生に叱られていた。放課後に教室に居残ってお説教されたこともあったし、住職さんが呼び出されたこともあった。

「それでも、あの先生、俺の見せ場をちゃーんとつくってくれたんだよ。俺にしかできない見せ場を、さ」

お寺の息子というので、友だちにからかわれたこともあっただろう。お母さんがいないことでいじめられたときだってあったかもしれない。乱暴者の悪ガキなら、友だちの親にもヒンシュクを買っていたはずだ。ついでに言えば、勉強の成績も、たぶん、というか、確実に、悪い。

そんなボーズさんでも、スズムシのお葬式では主役になった。藤村先生が主役にしてくれた。

「お経っていっても、ガキの頃なんてなにも覚えてるわけないから、なんまんだーなんまんだー、ってテキトーに言ってるだけなんだ。でも、先生が真剣に手を合わせてるもんだから、他の奴らもふざけるわけにもいかなくて、けっこういい雰囲気になって、俺も途中からは、なんまんだーだけじゃすまない感じになって、スズムシを飼ってるときは世話が大変だったとか、キュウリが好きだったねとか、黒い幕でカゴを覆ったらきれいな声で鳴いたねとか、墓に向かって話しかけてたら……なんか、胸がさ、こう、キューンとしてきちゃってさ……泣かねえよ、泣くわけないんだけどさ、でもさ……あ、ちょっと泣いたか、泣いたな、うん……だよな……」

ボーズさんは、大きく、ゆっくりと、つっかえていたなにかをごくんと呑み込んだようにうなずいた。

「おくる言葉、決めた」

お父さんの巻物をギュッと握りしめる。

「俺、ここに書いてあること、ぜんぶ読む」

単純明快。直球どまんなか。

「ぜんぶって……ぜんぶですか?」

思わず間抜けな訊き方をすると、ボーズさんはもっと間抜けに「ぜんぶっていうのは、ぜんぶだからぜんぶなんだよ。ぜんぶじゃなかったらぜんぶって言わないだろ」と胸を張った。

「時間、だいじょうぶなんですか?」

なにしろ藤村先生の歴史がまるごと詰まっているのだ。それを読み上げていくと何分かかるかわからない。

「関係ないって。もう死んでるんだから、あせらなくてもいいだろ」

「そういう問題じゃなくて……」

知ってますよねボーズさんも、と念のために説明した。市営斎場は、民間のセレモニーホールと比べて利用料金は割安だけど、そのぶん融通《ゆうずう》が利かない。出棺の時間が五分遅れるだけで葬祭会社がさんざん絞られてしまうし、始末書を書かされるときだってあるほどなのだ。

ボーズさんは「へえー、そうなんだ、知らなかった」とのんきに言う。「プロ」としての自覚は皆無──つづく言葉は、さらにひどかった。

「だったらアレだ、お経の時間を縮めればいいだろ」

「お焼香どうするんですか」

「そんなの五人とか六人いっぺんに、パパパッとやっちゃえばいいんだよ」

めちゃくちゃだった。でも、「スズムシの葬式、先生は褒めてくれたんだからな……」と付け加えた声は、意外なほどずしりと重かった。からっぽのおなかに声がうまく響いたのだろう。

だいじょうぶかなあ、とお葬式の本番を案じながら、本堂を出た。

お寺は長い石段を上りきった高台にある。街なかにあるので絶景というほどの眺めではないけど、遠くに海が見える。水平線はぼうっと霞んでいても、陽射しを浴びた海はキラキラと光った帯になっていて、それで空と見分けられる。目をこらすと、沖のほうを貨物船が行き交っているのも見える。

春だなあ、とあらためて思う。ヒバリがどこかで鳴いている。由緒ある名刹《めいさつ》にふさわしい広い庭では、花の主役が梅から桜に移り変わるところだった。

ふだんは季節のことなんてほとんど意識しない。寒いか、暖かいか、暑いか、涼しいか。それだけで十分だ。でも、ときどき、いまみたいに、ふだん行かない場所に行き、ふだんは歩かない道を歩いていると、ふうっと吹きわたる風を感じるのと同じように季節を感じる。なじみのない風景が新鮮だからなのだろうか。それとも、寄り道をするだけでも気持ちに余裕が生まれるからなのだろうか。

石段をゆっくりと下りながら、友島先生のことを思った。さっき山本先生に言われた言葉に納得できなかった理由が、ああ、そういうことなんだ、とやっとわかった。

空き時間やムダな時間がもっとたくさんあったら、友島先生はわたしたちと仲良くなってくれたかもしれない。そんなの迷惑だと叱られてしまうかもしれないけど、わたしたちだって、放課後や休み時間がなかったら、友だちとの思い出はいまよりうんと減ってしまうだろう。

ウチの学校で一番最初に春が来るのは、グラウンドの外を流れる用水路の土手だ。三月に入るとタンポポがたくさん咲く。友島先生はそれに気づいてくれただろうか。「帰りにちょっと遠回りして用水路を見て行ってください。きれいですよ」と先生に言ってあげたひと、誰かいたのだろうか……。

お別れ式の挨拶が、やっと決まった。

伊原先生に釘を刺された制限時間のことは、忘れたふりをしよう、と決めた。

「だったらアレだ、校長先生の挨拶を縮めればいいだろ」

ボーズさんの物真似をしてつぶやくと、まったくそのとおりだな、と思った。ボーズさんはめちゃくちゃなことばかり言っていたけど、間違ったことはなにも言わなかったのかもしれない。

5

次の日、ボーズさんとわたしは、それぞれの舞台に臨んだ。

ボーズさんは市営斎場。わたしは中学校の講堂。時間としては、わたしのほうがちょっと先になるから、お別れ式が終わってすぐにバスに乗れば、ボーズさんと『峠うどん』で会えるかもしれない。

断食明《だんじき》けのうどんは、なんといっても胃に優しい「かけ」にかぎる。まだまだ肌寒い折柄《おりから》、まずはうどんで体を温めて、それから熱い般若湯《はんにゃとう》でも。

お父さんが段取りをつけた。

「坊さんってのも、アレはアレで寂しい立場なんだよなあ。精進落としの席でゆっくり思い出話にひたりたくても、そういうわけにもいかんだろ。坊さんが長居をしてると遺族も気詰まりだし、上座に座ってるからには、気の利いた法話の一つや二つ聞かせなきゃ、檀家のうるさいオヤジがおさまらないし……」

それになにより、長居をさせると、ボロが出る。名刹・王林寺の跡取りはナマグサ坊主の夕コ坊主だと知れ渡ってしまう。

そんなわけで、ボーズさんの出番は出棺まで。あとのお経は住職に任せて、お父さんが待ちかまえる『峠うどん』に直行することになる。

「有休までとることないんじゃない？　直接の教え子でもないのに」

お母さんがあきれると、お父さんはちょっと真顔になって「藤村先生だけが先生じゃないんだぞ、って教えてやらなきゃいかんだろ」と言った。

うらやましいんだと思う。藤村先生のことも、ボーズさんのことも。わたしだってうらやましい。だから、友島先生には、そんなわたしにしか言えないおくる言葉を捧げるつもりだった。

ボーズさんが巻物をぜんぶ読むつもりだということは、お父さんにも話しておいた。

「時間だいじょうぶかなあ」と心配するわたしに、お父さんは妙に自信ありげに「だいじょうぶだいじょうぶ」と言った。

「そんな、テキトーなこと言わないでよ」

お父さんに話したのも、できればお父さんから電話で「やめといたほうがいいぞ」と言ってほしかったのだ。

でも、お父さんは「だいじょうぶだよ、心配しないでいいって」と言うだけで、本気で取り合ってはくれない。そして、なぜか急にいばった口調になって、「藤村先生だけがあいつの恩師じゃないんだからな」と胸を張ったのだ。

お別れ式は、ウチの学校の勤務年数が長い先生ほど盛り上がる。勤続十年の江藤《えとう》先生に挨拶をした一年生の子は、いろんな先生から聞き出した昔の失敗談を披露して、みんなを爆笑させた。運動部をバックにつけている先生も強い。野球部の顧問だった殿村《とのむら》先生には、野球部のキャプテンが甲子園の選手宣誓みたいな気合の入った挨拶をして、最後に部員全員で校歌を斉唱した。

でも、友島先生には、そんな応援団はいない。伊原先生に名前を呼ばれてステージに上がっても、講堂はざわざわとしたままだった。

友島先生の顔を初めて見た生徒も多い。それ以上に、友島先生にとって、講堂に並ぶ三百人以上の生徒たちはみんな赤の他人同然だ。ステージの上も下も、どうしていいか困っているというか、なぜ自分がここにいるのかよくわからないというか、気の抜けたようなざわめきがなかなか消えない。

サイテーの雰囲気だ。おまけに当の友島先生まで、ステージでわたしと向き合っても、なんの感情もない醒《さ》めた顔をしている。それはそうだろう。わたしはかろうじて先生の顔を覚えているけど、先生からすればわたしは初対面で、しかも明日からは二度と会わないはずの相手なのだ。

ボーズさんの言うとおり。死んでから初対面した奴に本気出してどーすんの、だ。

でも、本気というのは一種類だけじゃない。いろんな本気の出し方があっていい。

わたしの本気は——これ。

「友島先生がつくれなかった思い出を、教えてあげます」

朝ごはんを抜いたおかげで、声はよく響いている。ステージの下で伊原先生はギョッとした顔になり、生徒の私語も止まった。なにより友島先生が、思いもよらない話の切り出し方にびっくりしているのがわかる。それでいい。挨拶はそうでなくちゃ。

「四月には、正門の横の桜がとてもきれいです。桜が散ったら、五月には中庭のサツキが咲きます」

そう、桜もサツキも、ご近所のひとが見に来るぐらいきれいなのだ。来年もウチの学校にいれば、友島先生だって絶対に「すごーい」と言ってくれるはずだったのに。

「六月は理科室の外のアジサイです。で、七月には生徒会が仕切って大きな七夕飾りをつくります」

七夕の短冊に志望校を書いたら受験に落ちてしまうというジンクス、友島先生は三年生から聞いたかな。聞いてないだろうな、たぶん。

「八月は、ウチの学校のグラウンドは盆踊りの会場になります。その次の日にグラウンドに行くと小銭がけっこう落ちているので、野球部やサッカー部のみんなはひそかに早起きしているそうです」

生徒たちから笑い声があがる。伊原先生は時計の針を気にしていたけど、ほかの先生たちはけっこうのんきに笑ってくれた。よし。いい感じ。友島先生も、ちょっとだけ、話に興味を惹《ひ》かれた感じだった。

「九月には、文化祭と運動会があります。その練習や準備で時間割がぐちゃぐちゃになってるのに、生活指導部は何度も忘れ物検査をします。それ、やめてほしいと思います」

先生たちをムスッとさせてしまった代わりに、生徒からは拍手が来た。友島先生も初めて頰をゆるめてくれた。笑うとけっこうきれいだ。優しそうでもある。話してみたら面白い先生だったかもしれない。

「十月はギンナンの季節です。近所のひとも拾いに来ます。でも、地面に落ちたあとは死ぬほど臭いので、十月の校庭掃除の当番は不幸です」

また拍手があがった。友島先生も、ああ、わかるわかる、というふうにうなずいてくれた。ほんとなんですよ、先生、ほんとのほんとに臭いんだから、とわたしは目で付け加えて、話を先に進めた。

「十一月からは先生もご存じだと思いますが、先生の知らない思い出のタネが、ウチの学校にはまだまだたくさんあります。それを知らずに別の学校に行っちゃうのって、かわいそうだなあ、って思ってます」

失礼かもしれない。でも、本気だ。ウチの学校のいろんなところ、いいところや悪いところもみんな、もっともっと知ってほしかった。

「でも、わたしだって、友島先生のいろんなことを知らずにお別れしちゃうのは、自分でもけっこうかわいそうだと思ってます」

友島先生は思い出をなにも残してくれなかった。藤村先生みたいにいろんなひとに思い出をたくさん残してくれたひととのお別れとは違う。わたしは友島先生の下の名前を知らないままだ。ボーズさんとは違う。だから、わたしはわたしの本気で、おくる言葉を締めくくる。

「先生、またウチの学校に遊びに来てください。いつでもいいから、先生が知らなかったウチの学校のこと、たくさん、たくさん、見てください。で、街でウチの学校の制服を着てる子を見たら、声をかけてください。わたしたちも先生を見かけたら挨拶するから、無視しないでくださいまだ遅くないから、先生もわたしたちも死んじゃったわけじゃないから、また会えるし、思い出つくれるし、これからもよろしくお願いします！」

深々と頭を下げた。拍手の音は期待していたほど大きくはなかった。手を叩きはじめるタイミングもそろわなかった。でも、後悔はない。

顔を上げて、時計を見た。一分三十秒。時間を大幅にオーバーしたけど、伊原先生はステージを下りるわたしを苦笑いで迎えてくれた。伊原先生との思い出は、いまの場面にしよう。

ボーズさん。

そっちはどうですか？

こっちは、無事に終了。うまいかへたか、いいか悪いかはわからないけど、とにかく、これがわたしの、わたしだけの、友島先生だけに捧げた、おくる言葉——。

『峠うどん』の小上がり席には、お父さんだけ座っていた。一人でお酒をちびちび飲んで、早くも赤い顔をして、喪服姿なのに、なんだかゴキゲンだった。

「ね、お父さん、どうだった？」

「うん、いいお葬式だったなあ。平日の午前中なのに参列者も多かったし、藤村先生の人徳だよ。教師の葬式のカガミだ」

「それはいいけど、ボーズさん……ちゃんと引導渡せたの？」

お父さんは含み笑いで答えかけたけど、こらえきれずにククックッと笑いだしてしまった。代わりに、お茶を持ってきてくれたおばあちゃんが「見直したよ、あのドラ息子のこと」と言った。「バカだバカだと思ってたけど、あそこまでバカだと、いっそ気持ちいいよねえ」

「……なにかあったの？　お父さんの巻紙ぜんぶ読んだでしょ？　時間だいじょうぶだったの？」

おばあちゃんとお父さんは、二人そろって笑顔で首を横に振った。

せっかくの巻紙を、ボーズさんは読まなかった。いや、読めなかったのだ。

「どうせそうなるだろうと思ってたよ。あいつがそんな冷静に筋道立てたことをできるわけないんだから」

巻紙を広げて咳払いをしただけで、感極《かんきわ》まって絶句してしまったらしい。

「わかるよ、あいつはそういうヤツなんだ、うん……」

お父さんはうれしそうだった。自分の予想があたった、というより、予想していたとおりのボーズさんだったというのが、うれしくてしかたないみたいだ。

「それで、黙っちゃったあと、どうなったの？」

お父さんはぐい呑みのお酒をクイッと空けて、「いい挨拶だったよ」と言った。「引導香語にはなってなかったけど、藤村先生は喜んでくれたよ、絶対」

参列者の皆さんをはらはらさせるほどの長い間《ま》が空いたあと、ボーズさんはゆっくりと大きく息を吸い込んだ。

そして――。

「絶叫したんだ、あいつ。先生、先生、先生、先生、先生、せんせーいっ！　って……数えきれないくらい呼びつづけて、途中からは泣きだしちゃって……それでも、ひたすら呼びつづけたんだ。先生、先生、先生、先生、せんせーいっ！　ってな」

お父さんは耳に残る「先生」の余韻をしみじみ味わうように目を閉じて、「生徒が教師をおくる言葉って、結局、それしかないんだ。先生、せんせい、センセイ、って、呼んであげるのがいちばんの供養なんだよ」と言った。

声が嗄れて、うつぶせに倒れ込むまで、絶叫と号泣はつづいた。最初は唖然とするだけだった遺族や参列者も、しだいにボーズさんの本気に引き込まれていった。

そして最後に、ボーズさんが残る力を振り絞って鉦《かね》を鳴らすと、その音は信じられないぐらい荘厳《そうごん》に、美しく、鳴り響いたのだという。

感動していいのか、あきれはてるべきなのか、よくわからない。ただ、お父さんの言うとおり、藤村先生は絶対に喜んでくれただろうな、というのは確信を持って思う。

「で、ボーズさんは？」

「そのままうつぶせになって倒れちゃって、なかなか起きてこなくて……ヤバいんじゃないかって思ってたら……」

いびきが聞こえた。こめかみに青筋を立てた住職に頭をひっぱたかれても起きなかった。結局、参列者の有志一同が抱えて事務所のソファーまで連れて行ったのだという。

「ほんとにバカだよねえ、バカにもほどがあるよ」

ほかのお客さんもいるのにおばあちゃんは椅子に腰かけて、本格的なおしゃべりの態勢に入ってしまった。

おじいちゃんは厨房に引っ込んだまま、あいかわらずムダ口を叩くことなく、黙々とうどんを茹でている。

でも、そんなおじいちゃんのぶんも、おばあちゃんがよくしゃべる。

「おじいちゃんも甘いの、甘いこと言ってるの。王林寺のバカ息子、あと二十年か三十年修行を積んだらいいお坊さんになる、って……まったくねえ、そんなふうにみんなで甘やかすから……」

ぶつくさ言うおばあちゃんが、じつは誰よりもボーズさんの将来に期待しているように見える。悪口を言いながら、顔はしだいに笑顔になっていく。

「まあ、王林寺もこれでとりあえずは跡継ぎができたわけでひと安心だし、先々代の住職ってのもなかなかのナマグサ坊主でね、でも、お酒が入ったあとの法話に味があって、飲まなきゃダメだっていうのがアレだったんだけど……まあ、あの子もそれくらいになってくれるといいんだけどねえ……」

わたしはお父さんに向き直って、「ボーズさん、まだ斎場で寝てるの？」と訊いた。

「そろそろ来るだろ。さすがに袈裟のままでうどんを啜るわけにもいかないから、服を着替えて……」

言ったそばから、引き戸が開いた。

サングラスに革ジャン姿のボーズさんが、ひょこっと顔を出した。ガラが悪い。お坊さんの普段着を超えて、ただのスキンヘッドのチンピラだった。

おばあちゃんは笑顔を一瞬にして消して、褒めて損した、というふうにさっさと厨房に引っ込んでしまった。ちょうど「きつね」のお客さんのうどんが茹であがったところだった。そういうところが阿吽《あうん》の呼吸というやつなのだろう。

ヒンシュクを買っていることにも気づかないボーズさんは、ひょこひょこと店内に入って、お父さんに気づくとやっとサングラスをはずした。

涙の名残《なごり》で赤くうるんだ目を細め、頰をニッとゆるめて、大仕事をやり終えた悪ガキがうれしそうに笑った。

第四章　トクさんの花道

1

車の屋根の上に、空《から》のコップが載《の》せられた。倒れないようにテープで固定して、そこに番組のスタッフが色つきの水をいっぱいに注《そそ》ぐ。

タイム・トライアルの準備、完了。別のスタッフが車に乗り込んで、ルールの説明――というより、競技の難しさを教えるために、車にエンジンをかけた。発進した直後、屋根のコップから水がこぼれて、残った水はコップにつけた赤い線をあっけなく下回ってしまった。屋根に取り付けた小型カメラがそれをとらえた瞬間、ＶＴＲは停まって、〈ＧＡＭＥ　ＯＶＥＲ〉のテロップが画面に大きく映し出された。

水を入れたコップを屋根に載せたまま、いかに速く、そして水をこぼさずにゴールするか、という競技だ。コースはまっすぐな箇所ばかりではない。Ｓ字カーブを曲がり、細かなクランクを抜けて、坂を上って、下りる。コップに入れた水のかさは坂の勾配《こうばい》と照らし合わせて、ぎりぎりこぼれないようになっているけど、ほんのちょっとでも車の揺れが大きくなるとアウト。それをプロのドライバーがクリアできるかどうか……。

地元で人気のローカル番組『ザ・職人グランプリ』の中でも、ゴールデンウィーク特番の今回は、特に難易度が高そうだった。

「そんなのできるの？」

わたしはテレビの画面を見つめたまま言って、「ねえ、できると思う？」と両親を振り向いた。

「さあ……」と気のない様子でうなずくお母さんも、「こういうのは半分ヤラセだからなあ」とヒネたことを言うお父さんも、競技の難しさについては認めていた。自転車の片手ハンドル乗りすらできないわたしに言わせれば、成功するのは奇跡や魔法にも近い。しかも生放送。ごまかしなしの真剣勝負だ。

「では、チャレンジしていただくプロのドライバーをご紹介いたしましょう！」

司会のお笑いタレントがおどけた声を張り上げる。「もうすぐだよ、ねえ、もうすぐトクさんが出るよ」とわたしは両親とテレビを交互に見て、ソファーの上でお尻をはずませた。

出場者は五人。競技に使う車はごくふつうのセダンだけど、出場者の仕事はバラエティーに富んでいる。ベテランの個人タクシー運転手、自動車教習所の指導員、生《い》け簀《す》トレーラーの運転手、結婚式場の専属リムジンの運転手、そして……われらがトクさん。番組も演出効果を狙っていたのだろう、トクさんが愛車とともに紹介されたのは最後だった。

「さて、いよいよ五人目の挑戦者です。本日の最年長ながら番組スタッフの間では大穴《おおあな》との期待も高い、サクラ典礼《てんれい》所属、徳永長介《とくながちょうすけ》さん！」

画面が切り替わる。金ピカの車が、どーん、と思いっきりアップで映し出された。霊柩車《れいきゅうしゃ》だ。黒塗りのボディーにお神輿《みこし》が乗っかったような、いわゆる「宮型」というやつ。

「これが白菊号《しらぎく》だよ」

車の中は空っぽだとわかっていても、つい親指を握り込んで、両親に教えてあげた。

サクラ典礼に三台ある宮型霊柩車の中で、いちばん古くて、いちばん高級な車だった。リンカーンをベースに、改造費用だけでも数百万円かかったらしい。

白菊号から降りたトクさんが、司会者の隣に立った。制服と制帽姿、白手袋をはめた両手をピンと伸ばして、直立不動《ちょくりつふどう》。『峠うどん』では見慣れている顔でも、テレビの画面を通して見ると、なんだかうれしくなってしまう。

司会者がトクさんの経歴を手短に紹介した。七十歳という年齢も、一人暮らしだというのも、それで初めて知った。二十五歳で霊柩車の運転手になって、この道一筋、四十五年。長年の経験で磨きあげた気配りに満ちた運転技術を買われて、定年後も嘱託《しょくたく》として会社に残っている。サクラ典礼の河本《こうもと》社長の信頼もあつく、「霊柩車のドライバーさんはいかがですか」と番組のプロデューサーから打診された社長は、迷わずトクさんを代表に指名して、出場を渋るトクさんを最後は業務命令という形で説き伏《と ふ》せたのだという。

「徳永さん、やはり霊柩車の運転には神経をつかうものなんですか？」

司会者にマイクを向けられたトクさんは、頭を軽く下げて「はあ……」と頼りなさそうに答え、また直立不動に戻る。

台本ではもっとくわしく答えることになっていたのだろう、司会者はあわててカンニングペーパーに目を落とし、「なんでも、棺《ひつぎ》の中でご遺体が動かないようにするのが大変だそうですが」と話を振った。

でも、トクさんは今度も、ぼそっと「ええ、まあ……」と答えただけだった。

盛り上がらない。成功の自信を訊かれても「精一杯やるだけです」の一言で終わってしまい、ご家族や会社のお仲間に意気込みをどうぞ、とうながされても、黙って会釈して、また直立不動に戻ってしまう。まったく盛り上がらない。

「……いやあ、さすがお葬式のプロ、寡黙《かもく》です、ひたすら寡黙でございますっ」

カメラはトクさんをはずし、司会者のひきつり気味の笑顔だけ映した。

「やだぁ、トクさん、全然だめじゃん」

コマーシャルが始まるのと同時にわたしはソファーに倒れ込んでしまい、お母さんも「緊張しちゃってるね」と苦笑いを浮かべた。

もともと無口なひとだ。『峠うどん』の古くからの常連さんだけど、注文以外でしゃべることはめったになく、おしゃべり好きのおばあちゃんでさえ、トクさんの私生活についてはなにも知らない。

「まあ、霊柩車のドライバーがおしゃべりで、『最近、景気はどうですか』なんて遺族に話しかけても困るんだけどな」

お父さんはからかうように笑って、「それにしても、無口っていうより陰気だよな、このひと」とつづけた。

言い方はちょっとどうかと思うけど、言っていることは確かに正しい。『峠うどん』でサクラ典礼のひとと一緒になっても、トクさんは絶対に同僚と同じ席にはつかない。いつも一人で大きなテーブルの隅に座り、黙ってかけうどんを啜る。

「お葬式の途中にうどん食ってちゃまずいんじゃないのか？」

「平気だよ、トクさんの出番は短いから」

トクさんは斎場の一室を借りたサクラ典礼の事務所に詰めて事務仕事をしながら、出棺のときには服を着替えて、霊柩車を運転する。といっても、斎場には火葬場も併設されているから、移動距離は二百メートルほど――セレモニーのための運転だ。

「プロ野球で言ったら、藤川《ふじかわ》選手みたいなものだって、おばあちゃん言ってたよ」

「藤川って、阪神の？」

「そう。リリーフエース。試合の最終回とかに出てきて、ビシッと決めるじゃない、藤川選手って。トクさんの仕事もそれと同じなんだって」

ああ、そういうことか、とお父さんはうなずいて、「ばあちゃんもたとえが若すぎるよなあ。ばあちゃんの歳なら宮田《みやた》だろ、せめて江夏《えなつ》だろ」と笑った。

野球選手の名前はよくわからないけど、お父さんは「それだけ気分が若かったら、まだ当分、店はたたまないよなあ……」とため息をついた。

話が微妙に、ちょっとよくない方向にずれた。お父さんは、わたしが『峠うどん』を手伝っている。ているのが、とにかく気に入らない。三年生に進級してからは特に、お店の話題が出ることじたい不愉快な様子だった。さっきトクさんがテレビに出るのを伝えたときも、「中学生が霊柩車のドライバーと顔見知りなんて、やっぱりヘンだろ、おかしいだろ」とお母さん相手に——でも、わたしにも聞こえるように、ぶつくさ言っていた。


お母さんが取りなすように話を戻してくれた。

「トクさんっていうひと、優勝すると思う？」

でも、お父さんは「ばあさんもなあ、アレだよなあ、ほんとになあ……」と、ずれた方向のまま腕組みをして、ため息をつくだけだった。


競技が始まった。

最初に走った個人タクシーの運転手さんは、ゴールまで行き着くことなく、こぼれた水が規定量を超えてリタイアしてしまった。自動車教習所の指導員さんもあっけなくリタイア。かなり難しい。事前予想では優勝候補のトップだった生け簀トレーラーの運転手さんも、コースの半ばあたりで失格になった。

「このままだと、番組史上初の全員失格になってしまいます！　やはりふだん乗っている車でないと感覚がつかめないのか！　いや、しかし、弘法《こうぼう》は筆《ふで》を択《えら》ばず、ここでなんとかするのが職人魂です！」

　司会者が声を張り上げる。

「俺、こいつ嫌いだな。ローカルの司会しかできないぐらいだから、才能ないんだよ」

　またぶつくさ言いだすお父さんを「しーっ」と黙らせて、テレビのボリュームを上げた。

　四番手のリムジンの運転手さんは、歩くより遅いスピードだったけど、なんとかゴールまでたどり着いた。

　そして、最後はトクさん。静かに、静かに、どこまでも静かに、車を発進させた。運転はとにかく慎重で、ていねい。車はカーブをなめらかに曲がり、エンジンを吹かすこともブレーキを加減することもなく、スロープを上って、下りる。道路がベルトコンベアになって車を運んでいるんじゃないかと思うほど、静かで、おだやかで、なんの無理や気負いも感じさせない。それでいて、画面の隅に表示されたタイムは、リムジンの運転手さんよりずっと速かった。

　がんばれ、がんばれ、がんばれ……。わたしはソファーの上でお尻をはずませ、胸の前で両手を組み合わせて、息を詰めて応援した。クランクの途中で水がちょっとだけこぼれたときには、思わず「あっ！」と声をあげそうになって、あわてて口を手でふさいだ。

　でも、ひやっとしたのは、そのときだけだった。トクさんは落ち着いていた。クランクを抜けると、あとはすんなりと、コップの水を波立てることすらなくゴールした。タイムはリムジンの半分以下――圧勝だった。

「やったーっ！」

心おきなく声をあげてバンザイをするわたしに、お母さんはあきれ顔で「あんたって、ほんと、得な性格だよね」と言った。

「なにが？」

「トクさんっていうひと、顔を知ってるだけで、べつに親しいわけじゃないんでしょ？」

「うん、注文以外でしゃべったことない」

「それでよく、そこまで盛り上がれるね」

「だって、お客さんだし」

横からお父さんも「そういうところ、ばあさんに似てるんだ、おまえは」と言った。「まったく客商売向きってていうか、なんていうか……」

お父さんもお母さんも、褒め言葉を言ってくれたわけではない。お母さんはあきれ顔のままだったし、お父さんの顔はムスッとしていたから。

次に『峠うどん』へ手伝いに行くのは、たぶん金曜日になるだろう。おばあちゃんからの連絡はまだなくても、友引の翌日だから、間違いなくお店は大忙しだ。でも、そういうことにくわしくなればなるほど、両親の機嫌が悪くなってしまうのだ。

トクさんは優勝インタビューでもあいかわらず無口だった。なにを訊かれても「はあ……」と「ええ、まあ……」と「いや、特にそういうのは……」の三つしか言わない。

結局、番組は最後まで盛り上がらずに終わってしまった。

でも、関係者一同、あとになって知ることになる。トクさんの一世《いっせ》一代《いちだい》の——本人はちっともそう思っていない晴れ姿は、思いもよらなかったところに波紋《はもん》を広げてしまった。

ここから車で一時間ほどの街にある病院の一室で、小さなテレビに映し出されたトクさんの姿を、熱いまなざしで見つめるひとがいたのだ。

おばあさんだった。ベッドに横たわり、枯れ枝のような腕に点滴の針を挿《さ》して、鼻の穴からチューブで酸素吸入を受けながら、画面の中のトクさんをじっと見つめ、言葉にならない声でつぶやきながら、涙をぽろぽろ流していた。

ベッドの横にはおじいさんが座っていた。前かがみになっておばあさんの顔を覗き込み、手のひらを包み込むようにさすりながら、そうだな、そうだな、うん、そうだな、と泣き笑いの相槌《あいづち》を打っていた。

そのおじいさんが放送の翌日、サクラ典礼に電話をかけてきたことから、無口なトクさんの日常は大きく揺れ動くことになったのだ。

2

予想していたとおり、次の金曜日はお葬式が立て込んでいて、木曜日の夜に「明日、悪いんだけど手伝える?」とおばあちゃんから電話がかかってきた。

「だいじょうぶ、行くよ」

迷うことなく答えたら、リビングからお父さんの不機嫌そうな咳払いが聞こえた。コードレスの受話器を持って廊下に出ても、というより、廊下に出るところで電話の主がおばあちゃんだとわかってしまうのだろう。

わたしは階段を途中まで上り、踊り場に腰かけて「トクさん、お店に来てるかなあ」と訊いた。放送から四日になる。優勝のお祝いを一言だけでも伝えたかった。

「うん、明日も五時前だったらいるんじゃないかと思うけど……」

おばあちゃんの声がちょっとくぐもった。

「どうしたの？　チャンピオンになっていい気になっちゃってるの？」

もちろん冗談で言ったのに、おばあちゃんはまともに受けて、「そっちのほうがずっといいんだけどねえ」とため息をついた。

「なにかあったの？」

「うん、それがねえ……」

話しかけたのを制して、やめとけ、とおじいちゃんの声がした。よけいなことをべらべらしゃべるな、とつづけて、あとはうどんの生地を打ち台に叩きつける音が聞こえるだけだった。

ふだんは勝ち気なおばあちゃんも、おじいちゃんには弱い。「じゃあ、まあ、明日はよろしくね」と急に早口になって、そそくさと電話を切ってしまった。

気になる。時間としてはぎりぎりだけど、明日はトクさんがいるうちにお店に着くようにがんばろう。

リビングに戻って、お父さんと目を合わせずに受話器を置いた。お父さんもテレビをじっと見つめて、こっちを振り向かない。

黙って部屋を出るのも気詰まりなので、「勉強はちゃんとやってるから」とお父さんの背中に言った。よけいな言い訳だった、と言ってから思った。

お父さんはテレビから目を離さずに応えた。

「勉強なんてのは、いくらやってもやりすぎるってことはないんだけどな」

ムカッときた。最後の「けどな」のところが特に。

腹立ちまぎれに床をドスドスと踏み鳴らして二階に上がった。怒りながら部屋を出るほうが、黙ったまま出て行くより少しはましかもしれない。でも、あたりまえのことだけど、お父さんに感謝するつもりはない。


金曜日はホームルームが終わるのと同時に教室を飛び出して、バス停に急いだ。廊下で友だちに「図書館に行かない?」と誘われたけど、「ごめん!　急いでる!」とダッシュのまま応えて、さらに走るスピードを上げた。

なにやってるんだろう。お父さんにイヤミを言われるまでもなく、自分でもときどき思う。五月の終わりだ。三年生だ。同級生のみんなは受験勉強にそろそろ本腰を入れたり、最後の夏の大会を目指して部活に励んだりしているのに、わたしは塾に通っていないし、部活動もしていない。街に遊びに出かけたり、ネットで遊んだりというのにも興味はない。友だちが特に少ないとは思わないけど、みんなとはなにか違うな、ちょっと変わってるんだろうな、と思うことはたまに、けっこう、ちょくちょく、ある。両親が心配しているのも、勉強の成績より、むしろそっちのほうだった。

でも、わたしとしては、ひとと違っているというのがよくないんだ、ということがわからない。「自分らしさを大切に」や「個性を伸ばして」というお決まりの言葉を、お父さんもお母さんも学校ではつかっているはずなのに、どうして同じことを自分の娘にはあてはめないのだろう。

『峠うどん』のお手伝いの楽しさや面白さをうまく説明できれば、両親も少しはわかってくれるかもしれない。でも、それが難しい。そもそも「楽しい」「面白い」という言葉で表現してはいけないものかもしれない。

ただ、お父さんに言わせれば「中学生らしくない」、お母さんに言わせれば「女の子らしくない」、友だちに言わせれば「お店の手伝いやらされるなんて、かわいそう」となってしまう『峠うどん』のお手伝いが、わたしは好きだ。どこが。どんなふうに。自分でも知りたいから、こんなに必死に、汗だくになってバス停まで走っているのだ。

『峠うどん』に着いたのは、午後五時ちょっと前だった。

トクさんはまだお店にいた。いつものように、大テーブルを真ん中で仕切ってお一人さま用にした席の端っこで、いつものように、暗い雰囲気でうつむいて——でも、その先が違った。トクさんの前に置いてあるのは、かけうどんのどんぶりではなかった。お銚子《ちょうし》が一本。お猪口が一つ。おつまみは、なし。

大あわてで作務衣に着替えたわたしは、厨房にいたおばあちゃんに訊いた。

「ね、ね、トクさん、お酒飲んでるの？　なんで？」

お酒を、というか、かけうどん以外のものを注文したのは、わたしが知るかぎり初めてのことだった。

おばあちゃんは「ちょっと、これ、持ってって」と、お燗をつけたお銚子をお盆に載せた。

「トクさんのところ」

「……二本目？」

「三本目」

うそ、と振り返り、トクさんの背中に目をやった。

「ここのところ、毎日なんだよねえ」

おばあちゃんはそう言って、お新香《しんこ》の小皿をお盆に載せた。

「これも一緒に持ってってあげて。アテなしにお酒を飲んだら体に毒だからね」

寸胴鍋《ずんどうなべ》の前でお湯の様子をじっと見ていたおじいちゃんは、釜から目を離さずに「黙って置いてこい」と言った。鋭い。厳しい。ほんの一言なのに、タイミングも、口調も、みごとにわたしの好奇心のツボに釘を刺してしまった。

トクさんは背中を丸めて、じっと考え込むように手元を見つめていた。わたしが来たのにも気づかず、「失礼します」と後ろからお銚子を置くと、やっと我に返って、体を起こす。

おじいちゃんに言われたとおり黙ってお新香の皿を置くと、トクさんは怪訝そうに振り向いた。よけいなことはしゃべらない。でも、訊かれたことには答えるのが店員の務めだ。

「おばあちゃんからサービスです」

ああそう、とトクさんは笑った。目がうっすらと赤くうるんでいた。頬も赤い。遠くからだとわからなくても、やっぱり酔っているのかもしれない。

すぐに立ち去るつもりだったけど、トクさんは笑顔のまま、わたしを見つめる。なにか話したがっているような気がする。落ち込んだ気持ちを必死に上向かせようとしているみたいに見える。そもそもトクさんが笑っているのを見るのは初めてのことだった。

おじいちゃんごめん、と心の中で謝って、わたしは言った。

「このまえのテレビ、観ました。優勝おめでとうございます」

「ああ……観てたの」

トクさんは照れくさそうに言った。

「優勝したのもすごかったけど、白菊号、わたし初めて見ました。外を走ってるのは見たことないから」

「ああ……あれはいまは、斎場の中だけだから」

「ホールから火葬場まで？」

「そう……」

「じゃあ、徳永さんがいつも運転してるのって白菊号なんですか？」

「うん……」

予想どおり、ちっとも盛り上がらない。それでも、トクさんはわたしと向き合ったままだった。もっと話をしてもいい、ということなのだろうか。トクさんのほうが話したがっているのだろうか。しかたなく、話をつづけた。

「もったいないですね」

「なにが？」

「白菊号。あんなに豪華なのに、斎場の中しか走ってないって」

トクさんはふふっと笑った。「豪華か」と笑いながら首をかしげ、初めて自分から話を振ってきた。

「ああいう車は、どう？」

「宮型の霊柩車のことですか？」

「そう。ああいうのが近所を走ってたら、怖かったり、無気味だったりしない？」

「いえ……」

そんなことありません、とごまかす前に、トクさんは「そりゃあそうだよな、見て気分のいいもんじゃないよなあ」と、また笑った。さっきからよく笑う。でも、楽しそうな笑顔ではない。寂しそうな、懐かしそうな、あきらめたような、こっちまで胸が締めつけられてしまいそうな笑顔だった。

「よっちゃんのお父さんは、小学校の先生なんだよな」

「ええ。母もそうです」

「学校の先生だったら、友だちにも自慢できるだろう」

自慢なんてしたことないけど、黙って、トクさんの話のつづきを待った。

「じゃあ、もし、お父さんが霊柩車の運転手だったら？」

一瞬、言葉に詰まった。いけない、と頬がカッと熱くなった。間が空いてしまったことで、よけいあせって、口がアワアワと動くだけで、声が出てこない。

「嫌だよな、やっぱり」

違います違います、と必死に首を横に振ろうとしたけど、体もうまく動かない。トクさんは、いいよいいよ、わかってるよ、というふうに苦笑交《ま》じりにうなずいて、やっとテーブルに向き直った。お酒をお猪口に注いで、啜る。ふうーっとため息をついて、肩を落とす。背中がまた丸くなった。そのままの姿勢で、ぽつりと言った。

「お神輿に見えないか？」

え――？

「白菊号って……祭りのお神輿に見えないか？」

はあ――？

「娘はそう言ってたんだけどな、昔」

って――？

「まだちっちゃい、子どもの頃だよ」

話はそれで終わった。トクさんは、もうわたしのことを忘れてしまったみたいに、頬づえをついてお酒を啜る。

娘さんがいることも初耳だったのに、話があまりにも唐突すぎて、どうしていいかわからない。トクさんがこっちに背中を向けているうちに、黙って、逃げるように厨房に戻った。


トクさんがお銚子を三本空けてひきあげたあと、おばあちゃんにいきさつを訊いた。

テレビに出た翌日、サクラ典礼に中村さんというひとから電話がかかってきた。それがすべての始まりだった。

「なにか文句言われたの？」

「文句じゃなくて、頼みごと」

トクさんに、中村さんの奥さんと会ってほしい――。

「なんで？」

きょとんとして「テレビに出た有名人だから？」と半分冗談で訊くと、おばあちゃんはわたしの単純さにあきれたように、やれやれ、とため息をついた。

「世の中はね、もうちょっとややこしくできてるの」

「……なに、それ」

「中村さんの奥さんって、和子《かずこ》さんっていうんだけど……昔はトクさんの奥さんだったの」

うそっ、と思わず声が出そうになった。

「ね？　複雑でしょ、世の中」

うんうんうん、と何度もうなずくわたしに、おばあちゃんは河本社長から訊き出したことを教えてくれた。

トクさんと和子さんは、三十年前に離婚をした。サクラ典礼の古株の社員ですら、知っているひとはほとんどいない。河本社長のおじいさんが創業社長としてまだ現役だった、遠い昔の話だ。さっきトクさんの話にちらっと出ていた一人娘の英恵《はなえ》さんも、和子さんと一緒に家を出て行ってしまった。いまは英恵さんは四十歳になり、とうに結婚をして、中学生の息子までいる。トクさんにとっては孫にあたるけど、もちろん、その子にとっての「おじいちゃん」は中村さんなのだ。

「でも、なんで離婚した奥さんとトクさんが会わなきゃいけないわけ？　で、なんでそれをいまのダンナさんが言ってくるわけ？」

「和子さん、具合がよくないの。ずーっと入院してたんだけど、このまえから急に容態が悪くなって……もう、そろそろ、みたいなんだって」

和子さん自身がトクさんに会いたがっているのか、中村さんが和子さんのために一目会わせようとしているのかは、わからない。

ただ、中村さんは、サクラ典礼にお葬式の一切を頼むのと引き替えに、なんとかトクさんを病院に連れてきてくれないか、と河本社長に言った。社長がダメでもともとのつもりで相場より高めの見積もりを出しても、細かくチェックすることなく、とにかく和子さんとトクさんが会えさえすれば、すぐにでもハンコを捺《お》しそうな様子だった。

　中村さんは本気なのだ。それで、社長も、商売に本気になった。

「病院にお見舞いに行くのが業務命令になっちゃってね、でも、トクさんは、それはどうしても嫌だって言って……」

　テレビ出演のときには業務命令に従ったのに、今度は頑《がん》として聞き入れない。社長が脅し半分で処分をちらつかせても、逆にトクさんは「クビにしてもらってもけっこうですから」とまで言う。

　話は暗礁《あんしょう》に乗り上げてしまったまま、トクさんは『峠うどん』でお酒を飲むようになり、和子さんの命の炎は日一日とかぼそくなって、中村さんも社長も困り果てている。

「なんでトクさんは会いたがらないわけ？」

　そこがわからない。「向こうは会いたがってるんだし、ちょっとお見舞いに行くだけでいいんでしょ？」――それですべては丸く収まるはずなのに。

　でも、おばあちゃんは「まあねえ……」と煮え切らない相槌を打つだけだった。

「やっぱり恨んでるのかなあ、奥さんのこと」

　離婚の理由はわからなくても、和子さんは再婚して、トクさんはずっと一人暮らしだったというだけで、わたしならトクさんの味方についてあげたい。

「勝手に幸せになったら、アタマに来ちゃうよね、絶対」

そう思わない？ と言いかけたら、おばあちゃんにスッと目をそらされた。

厨房の奥からは、いままで黙っていたおじいちゃんの低い声が聞こえた。

「手が空いたんなら、今日はもういいぞ、よっちゃん」

「あ、でも、まだだいじょうぶ」

「すぐに着替えれば七時のバスに間に合うだろ」

「七時半のバスでも平気なんだけど……」

「今日はもう帰れ」

声が少しずつおっかなくなる。

叱られてる——？ 目をそらしたままのおばあちゃんも、わたしがマズいことを言ってしまったと思ってる——？

わたしはしょんぼりして、急いで帰り支度にとりかかった。カツオ節をかいているおじいちゃんの後ろ姿をちらりと見た。歳のわりにはピンと伸びたおじいちゃんの背中は、おまえは間違ってるんだ、と無言で伝えていた。

3

大安と重なった日曜日の午後、わたしはお客さんが誰もいない『峠うどん』で、英語の問題集を解きながらあくびを嚙《か》み殺していた。

　老人会の日帰り旅行に出かけたおばあちゃんのピンチヒッターだった。といっても、大安はお葬式がほとんどないし、梅雨の晴れ間の日曜日にわざわざ峠まで出かけて、ひっそりとした市営斎場の真ん前でうどんを啜るような物好きは、そうざらにはいない。「どうせ暇だから、勉強の道具も持っておいで」とおばあちゃんに言われたとおり、ほんとうに暇だ。

　暇すぎると、かえって勉強が手につかない。

　トクさんのことを、つい考えてしまう。

　中村さんが最初に電話をかけてから、もう一ヵ月近く過ぎていた。でも、トクさんはまだ和子さんに会いに行っていない。『峠うどん』でもお酒ばかり飲んでいる。たいした酒量ではない。おつまみなしに、お銚子を二本か三本。黙って飲んで、黙って帰る。ほろ酔いになっても乱れたり荒れたりはしない。でも、陽気になったりおしゃべりになったりするわけでもない。むしろ逆に、おばあちゃんに言わせると、テーブルに向かう背中はぞっとするほど寂しそうなのだという。

　問題集を閉じて、席を立った。厨房に入って、天ぷら用のエビの下ごしらえをしているおじいちゃんに「ちょっといい？」と声をかけた。

「なんだ？」

　こっちに背中を向けたまま、エビの背わたを楊枝《ようじ》で取る手も休めない。

「おじいちゃんとトクさんって、斎場がこっちにできてからの長ーい付き合いなんだよね。昔はサクラ典礼の先代の社長さんが仕切って、よくお酒を飲みに行ってた、っておばあちゃんから聞いたけど」

「たまにだ」

「でも、いまでも、お店のお客で来るだけじゃなくて、たまには世間話ぐらいするわけでしょ？」

「しない」

ああ、もうほんとに、なんなの、その態度……とアタマに来た。

でも、おじいちゃんはぼそっと言った。

「ずっと霊柩車の仕事をしてると、葬式の良《よ》し悪《あ》しがわかるらしい」

いきなり、なんの脈絡もなく。

「……トクさんから訊いたの？」

そういう質問には答えてくれないのだ、おじいちゃんというひとは。

自分の話したいことを一方的に話すだけ。質問は無視。反論などありえない。相槌すらうっとうしがって、急に機嫌をそこねて黙り込んでしまうときもある。問答無用というのはまさにこういうことなのだろう。

おじいちゃんは勝手に話をつづける。

お葬式の良し悪しは、棺を車に収めて観音開《かんのんびら》きの扉を閉めるときにわかるらしい。

つらい亡くなり方をしたひとのときは、閉めるときに、扉が重くなる。亡くなったひとの未練のせいか、別れたくない、という見送るひとたちの思いのせいなのか、とにかくほんとうに扉が重くて、申し訳ありません、申し訳ありません、と謝りながら、目に見えないなにかを断ち切るような感じで扉を閉めるのだという。

　でも、いい人生だったと亡くなったひとが思い、見送るひとも最後まで悔いを残さず看取《みと》れたと思っているときは、扉はすうっと軽くなる。お別れというより、新しい旅立ちのような気持ちで、さあ行きましょうか、と心の中で棺に声をかけたいほどだという。車を運転していても、ああ、楽ちんだねえ、気持ちいいねえ、と棺の中のひとが喜んでいるのがわかる。火葬場に着いて棺を下ろすときには、はいご苦労さまでした、という声まで聞こえるときもある。

「霊柩車に乗せるのは、冷たくなった体じゃないんだ。亡くなったひとやのこされたひとの思いっていうのか、そういうのを運ぶ仕事なんだな、霊柩車の運転手は」

　珍しくたっぷりとしゃべったおじいちゃんは、背わたを取ったエビに片栗粉をまぶしながら、最後にやっと話をまとめた。

「トクはあんまりしゃべらない奴だけど、ひとの心はちゃんとわかってる」

「うん……」

「だから、トクの決めたことを詮索《せんさく》したり、変えさせようなんて思わなくていい」

　でも、と言い返しかけたら、おじいちゃんは蛇口をひねって水を出して、「お客さんだぞ」と言った。

　振り向くと、ほんとうだ、店の横の駐車場に車が入ってきた。

黒い車だ。シルエットが、ふつうの車とちょっと違う。

霊柩車だった。

キャデラックを改造した洋式の霊柩車から降りてきたのは、サクラ典礼の河本社長と、初めて見る若いひとだった。

「裏に回せばいいんだけど、まだ、こいつ運転に慣れてないから……悪いけど、今日だけ特別に、表に停めさせてくれますか」

河本社長は「こいつ」のところで、若いひとに顎《あご》をしゃくった。営業部から車両部に異動したばかりの森田《もりた》さんだった。

霊柩車が仕事中にウチの店に乗りつけることなんてありえない。たとえ仕事の入っていないときでも、外の国道からは見えない店の裏手の空きスペースにこっそり停める。

でも、社長の言うとおり、今日は特別なケースだ。森田さんの練習のために空いている霊柩車を出した。社長自ら助手席に座って運転をチェックした。結果は不合格。本番で運転を任せるには、まだまだ時間がかかりそうだという。

河本社長は天ぷらうどんを二つ注文して、おしぼりで顔を拭きながら「トクさんのすごさが、あらためてわかったよ」と言った。

峠のてっぺんに建つ斎場に向かうには、曲がりくねった坂道を上らなければならない。ドライバー泣かせの道だ。

「森田の運転じゃケツの振りが大きすぎて、お棺がガタガタ鳴っちゃうし、へたすりゃ助手席のご遺族まで車酔いしちゃうから」

ぐったりと疲れた顔で言った河本社長は、「やっぱりトクさんの穴を埋められるのは、そう簡単には見つからないよなあ……」とため息をついた。

注文を通しに厨房に向かいかけていたわたしは、思わず振り向いて、「穴って、どういうことですか？」と訊いた。

「辞めるんだよ、トクさん」

社長は憮然《ぶぜん》として言った。

「辞める、って……」

「おととい辞表を持ってきたんだ」

おじいちゃんもびっくりして厨房から出てきて、「理由は？」と訊いた。

辞表には〈一身上の都合により〉としか書いていなかった。社長が直接訊いても、「辞表に書いたとおりです」と繰り返すだけだった。

ただ、一つだけ思い当たるフシがある。

トクさんが長年運転してきた白菊号が、今週かぎりで引退する。会社はリムジンタイプの洋型霊柩車を一台新調した。宮型霊柩車の蓮華《れんげ》号が押し出される格好で斎場内の移動用に使われることになり、その蓮華号にさらに押し出されて、一番古い白菊号が処分されることになった。すでに斎場の車庫から会社の車庫に移されて、あとは業者が引き取りに来るのを待つだけだった。

「それはしょうがないことなんですよ、時代の流れなんですから」

社長は弁解するようにおじいちゃんに言った。おじいちゃんも、仏頂面ではあっても、黙ってうなずくしかなかった。

かつてはあたりまえのように街を走っていた宮型霊柩車の需要は、いまはめっきり減ってしまった。民間の斎場でも、周辺住民との取り決めで霊柩車を洋型限定にしているところがある。会社としても、細工に凝った宮型霊柩車の価格は洋型よりずっと高いし、重さのせいで燃費も悪いし、メンテナンスも面倒だし、運転もしづらい。

いまはもう、サクラ典礼の霊柩車はほとんど洋型に切り替わっている。外を走らせている宮型は蓮華号と百合《ゆり》号の二台だけで、ここ二、三年は、稼働率が五割を切っていたのだという。新車に宮型を選ぶ理由なんてどこにもないし、ところてん式に処分される車は白菊号以外にはありえない。

「でも、トクさんの世代にとっては、霊柩車っていえば宮型ですから。白菊号が引退するっていうんで、がっくり来たっていうか、張り合いをなくしちゃったんですかねえ……」

そこにまた一台、車が店の前に停まった。今度はふつうのステーションワゴンだったけど、霊柩車を見つけてあわてて駆け寄った感じの、乱暴な減速とハンドルさばきだった。

店に入ってきたのは、中年のおばさんだった。

河本社長が「あっ」と言うのと同時に、わたしもおばさんが誰だかわかった。

トクさんによく似た顔立ちの――英恵さんだった。

和子さんの容態は、そうとう悪い。血圧が下がり、おしっこも止まった。あと二、三日だと主治医は家族に告げて、会わせたいひとには早めに会わせるように、とも言った。

河本社長にまかせきりではラチが明かない。でも、仕事を持っている英恵さんは、平日にこの街を訪ねることは難しい。日曜日が来るのを待ちかねて斎場を直接訪ね、門をくぐる前に『峠うどん』の駐車場に霊柩車が駐《と》まっているのを見て、もしかしたら……と店に寄ったのだ。

「徳永さんはまだなんですか？　ずーっと待ってるんですけど、まだ来てくれないんですか？」

社長は申し訳なさそうにうなだれる。トクさんのことは「お父さん」や「父」ではなく、「徳永さん」なんだな、とわたしもうつむいて唇を軽く嚙んだ。

「もういいです、わたしが直接話しますから、いまどこにいるんですか？」

「いや、あの……悪いんだけど、今日はトクさん、午前中の出棺だけで終わりなんだ。会社まで車を回送したら、あとはもう今日は休みになるし……」

「じゃあ、家まで行きます。住所教えてください」

「……住所は会社に帰らなきゃわからないし、トクさんは携帯電話持ってないし……まいっちゃったなあ……」

英恵さんは感情の高ぶりを鎮《しず》めるように大きく息をついて、「母が会いたがってるんです」

と念を押すように言った。「母は、いま、徳永さんと一緒にいた頃に戻ってるんです」

それは、つまり——。

「半年ほど前から認知症の症状が出てきて、いまの父のことが少しずつ薄れていって、代わりに徳永さんのことが……不思議なんですけど、テレビで観たときも、三十年間一度も会ってないし、顔も歳を取って変わってるのに、すぐにわかったらしいんです」

テレビに映るトクさんを見て、ウチの主人なんです、と誇らしげに中村さんに言った。中村さんは、素敵なご主人ですね、と一緒にトクさんを応援してくれた。

番組の後半は、和子さんはずっと泣いていた。なにを思いだしていたのかはわからない。悲しい涙だったのかうれし涙だったのかも、わからない。ただ、番組が終わったあと、ごくあたりまえのことを口にするように、ぽつりと言った。

帰ってきたら、お祝いしてあげなきゃ。

その言葉を聞いて、中村さんはサクラ典礼に電話をかけることを決めたのだ。

河本社長がハナを啜りあげた。商売第一でも、意外と情にもろいところもある。

「そうだよなあ、和子さんの思いに応えてやらなきゃいかんよなあ、トクさんも。俺、もう一回きっちり説得してみるよ。うん、がんばる、行かせる。俺は社長なんだし、トクさんだって、いまの話を聞いたら……」

そうかな、とわたしは逆のことを思う。

わたしも鼻の奥がツンとしている。でも、それは、中村さんの優しさに胸がいっぱいになったからだ。中村さんは、悲しさや寂しさや悔しさをぜんぶ呑み込んでくれた。和子さんが一番喜ぶことをしてあげよう、と思ってくれた。うれしかった。「ありがとうございます」とお礼も言いたくなった。

だから、社長がティッシュでハナをかんでから「よし、トクさんの首に縄をかけてでも連れて行くよ」と言ったとき、思わず、「違う！」と——叫ぶ前に、おじいちゃんが静かに英恵さんに言った。

「トクに伝えておくから」

英恵さんがきょとんとしているうちに、つづけた。

「トクもよろこぶよ、いまの話を聞いたら」

珍しいことだけど、おじいちゃんの頬は少しだけゆるんでいた。これでも本人にとっては笑顔のつもりなのだ。

「あいつは、ひとの心がちゃんとわかってる。だから、あんたは、なにも心配しないでいい。トクが自分で決めたことだ」

「でも……」

「あんたは中村さんと一緒に、お母さんを看取ってあげなさい」

怒った声ではない。無愛想な口調でもない。でも、英恵さんはひるんでしまったように黙り込んだ。

「それでいいんだ、ほんとうに」

おじいちゃんは念を押して言うと、いつもの仏頂面に戻った。厨房に向かって歩きだすときに、わたしとチラッと目が合った。表情は変わらない。でも、「よっちゃん、さっきのアレ、正解だ」──そんな声が、聞こえなかったけど、聞こえたような気がした。

「いやいやいや、ちょっとダメでしょ、それ、ダメでしょ」

社長があわてて追いすがるように言ったとき、テーブルに置いた携帯電話が鳴った。

「おう、どうした」と軽く応えた社長の声は、すぐさま「はあっ？」と跳ね上がった。

短いやり取りのあと、社長は英恵さんを振り向いた。

「トクさんが……」

そこで言葉が途切れ、しばらく絶句したあと、裏返った声でつづけた。

「白菊号に乗って、逃げた……」

4

英恵さんのステーションワゴンにわたしも乗り込んだ。英恵さんに頼まれた。助手席に座って、土地勘のない英恵さんのために道案内をすることになったのだ。

トクさんはお昼過ぎに会社に帰ってきた。使った霊柩車を駐車場で水洗いして業務日誌を書けば、今日の仕事は終わる。ところが、車を駐車場に回したきり、なかなか事務所に戻って来ない。不審に思った同僚が駐車場を覗いてみると、今日の霊柩車は洗車を終えて車庫に入れてあった。でも、トクさんの姿はない。車庫をよく見たら、白菊号も忽然《こつぜん》と消えていた。行く先の手がかりはなかった。書き置きもないし、電話もかかってこない。

ただ、宮付きの霊柩車は目立つ。それが救いだった。河本社長は「葬儀会社とタクシー会社は身内同士みたいなものだから」と、市内の主だったタクシー会社に電話をして、街を走っている運転手さんたちから目撃情報を募ることにした。

その連絡が、社長経由で、ぽつりぽつりと英恵さんの携帯電話に入ってくる。私はハンドルを握る英恵さんに代わって電話を受けて、目撃された場所への行き方を説明する。

三十分ほど前に駅前で目撃された。二十分ほど前には、デパートの前の交差点で信号待ちをしていた。十分ほど前には、国道のバイパスを西に走っていた。

「国道にバイパスができたの？」

英恵さんはびっくりしていた。バイパスが開通したのは十年以上前だったけど、英恵さんがこの街に来るのは両親が離婚して以来、三十年ぶりなのだ。

街並みはすっかり変わっている。三十年前だと駅ビルもなかったはずだし、サクラ典礼の縄張りの市営斎場だって、いまの峠のてっぺんではなく、駅のすぐ裏手にあった。なにより、離婚したときにはまだ十歳だったので、当時の街並みもじつはあまりよく覚えていないのだという。

それでも、車で市街地を走っているうちに少しずつ記憶がよみがえってきたのか、英恵さんはときどき「ああ、あったあった」「そうだった」「まだ残ってたんだ」「なくなっちゃったんだあ、あれ……」とつぶやいた。

懐かしそうな顔や声だった。でも、そこに戻りたいという感じではない。終わったものを確認しているだけというか、いま住んでいる街に帰ったらあっさりと忘れ去ってしまう程度の懐かしさなのかもしれない。

白菊号を追って国道のバイパスに入ると、英恵さんはふと思いだしたように「徳永さんって、みんなから『トクさん』って呼ばれてるのね」と言った。

「はい……」

「よく来るの？　お店に」

「常連さんです」

「昔はどうだったかなあ、うどんが好きだったかなあ、忘れちゃったなあ、あんまり好き嫌いとか言わないひとだったし」

ですよね、と苦笑交じりにうなずくと、その意味を察したのだろう、英恵さんも苦笑いを浮かべて、「常連さんっていっても、ほかのお客さんとにぎやかに盛り上がったりはしないんでしょ？」と言った。

「はい……そんなに」

「全然しないんじゃない？」

「……しないです」

「昔からそうだったの。あんまりしゃべらないし、なに考えてるのかよくわからないし、性格が暗いのよ、やっぱり」

うなずいていいのかどうか、わからない。悪口を言っている口調ではなく、仲良しの友だちの困ったところを冗談っぽく言っているだけのように聞こえる。

「でもね、先月のテレビでもそうだったけど、車の運転はうまかったの。うまいっていうより、ていねいで、優しい運転っていうのかな。後ろの席で寝ちゃったときも、ウチに帰るまで一度も目を覚まさないのって、ふつうだったもん」

「ドライブで？」

「そう。ああいう仕事だから曜日とお休みは関係ないんだけど、たまに日曜日と友引が重なったりすると、よくドライブに行ってた。もともと好きだったんだね、車が」

「それって……霊柩車じゃないですよね？」

やだぁ、あたりまえでしょ、と笑われた。

確かに、われながら間抜けだった。でも、おかげで思いだしたことがある。

「あの、えーと、子どもの頃にですね、霊柩車のこと、お祭りのお神輿みたいって言ってたんですか？」

英恵さんは一瞬きょとんとして、それからまた、やだぁ、と笑った。

「お父さん、そんなこと覚えてたんだ……まいっちゃうなあ」

初めてトクさんのことを「お父さん」と呼んだ。無意識のうちに、ふっと口をついて出たのだろう、首をひねり、くすぐったそうに肩を揺すった。シートの上でお尻までもぞもぞさせて、まいっちゃうなあ、ともう一度、たぶんいろんな意味を込めて、つぶやいた。

「けっこう好きだったの、霊柩車が。まだ幼稚園の頃だったけどね。ほら、子どもって、ああいうキラキラしたのって好きでしょ。霊柩車の意味も知らないんだし」

「大きくなってからは？」

「小学三年生ぐらいになると、やっぱりキツかったねえ。誰かがやらなきゃいけない仕事なんだし、大切な仕事なんだし、誇りやプライドを持って仕事をやってるんだし、っていうのはわかっててもね」

街を歩いていて霊柩車を見かけると、一緒にいる友だちは、みんな決まって体をこわばらせて、親指を握り込んで隠す。霊柩車の前で親指を出していると親の死に目に会えないから——なんの根拠もないのに、わたしも、いつもそうする。

「その瞬間が嫌だったの。友だちにいじめられたりバカにされたりするわけじゃないけど、なんか、嫌なの。わたしが仕事を嫌がってるのは、徳永さんにもわかってたと思うし、つらかったと思うよ。おとなになったら、そこ、よくわかる」

「ええ……」

「でも、だったら叱ればいいと思わない？　誰のおかげでメシが食えてるんだ、って怒ればいいじゃない。それができないんだったら、いっそ冗談にしちゃって、笑い飛ばしてくれたほうがよっぽど楽になる」

身勝手だけどね、と英恵さんは付け加えた。

確かに身勝手な理屈かもしれない。でも、気持ちはわかる。

「せめて徳永さんがもうちょっと明るい性格ならよかったんだけど、とにかく無口だったから、特にお母さんとぎくしゃくするようになってからは、家の中が暗くてね、インインメツメツで、お母さんもわたしも疲れちゃったのよ」

それも、なんとなくわかる。

「いまのお父さんはすごく優しくて、その優しさが、ちゃんとわかるの。伝わるの。だからお母さんもわたしも、お父さんのことが大好きなの」

中村さんは、和子さんが離婚後に勤めた会社の同僚だった。出会った頃は三十五歳で独身だったけど、和子さんは年上の四十歳、バツイチ、子どもが一人。最初は引け目があった。申し訳ないとも思っていた。でも、中村さんはそんな遠慮もまるごと包み込んで、やわらかくほぐしてくれた。

「でも、認知症になっちゃうと忘れるのよ、お父さんのことを。で、嫌で嫌で別れたはずの徳永さんのことを思いだすの。皮肉っていうか、人間の情けなさっていうか、面白いところっていうか、お父さんに悪くって……」

英恵さんのため息とタイミングを合わせたみたいに、ひさしぶりに電話が鳴った。

バイパスに入ってからは途絶えていた目撃情報が入った。

「寺町二丁目の信号を右折ですね」

山のほうに上っていく格好だ。

「で、ずーっと道なりで、成願寺《じょうがんじ》前。はい……駐車場、はい、わかりました！」

電話を切って道順をあらためて説明しようとしたら、英恵さんが「ねえ」と言った。

「成願寺って、ひょっとして、あじさい寺のこと？」

「知ってるんですか？」

驚いて訊くと、英恵さんのほうこそ驚いた様子で、「成願寺って聞いて、一瞬で思いだした」と言った。

山の中腹にある、何百株ものあじさいが境内を埋め尽くしているお寺だ。ちょうどいまの時季、咲き初《そ》めを迎える。

「まだ小学校に上がる前だけど、行ったことある……お父さんとお母さんと、三人で……」

英恵さんはまたトクさんを「お父さん」と呼んだ。

今度は自分でも気づかなかったのか、黙ってアクセルを踏み込み、スピードを上げた。

駐車場に駐めた宮付きの霊柩車は、さすがに目立っていた。駐車スペースは左右ともに空いていても、誰もそこに駐めようとはしない。でも、やっぱりお寺と霊柩車はまったく無縁というわけではないのだから、街なかで見かけるときよりは風景に馴染《なじ》む。キンキラキンの霊柩車と、淡い青色のあじさいは、意外と悪くない取り合わせでもあった。

トクさんは本堂の縁側に腰かけて、庭のあじさいを眺めていた。

英恵さんとわたしに気づくと、びっくりした顔になったけど、思ったよりすんなりと事態を受け容れて、英恵さんには「やあ……」と挨拶もした。

三十年ぶりの再会だった。でも、英恵さんは感傷にひたる余裕はなく、というか、絶対に感傷にはひたるまいと自分に言い聞かせているみたいに、つかつかとトクさんに近づいて、「どうするんですか」と言った。「お母さんに会ってくれないんですか?」

トクさんは小さくうなずいて、あじさいに目を戻した。

「なんで?　お父さんから聞いてるでしょ、お母さんが会いたがってるんです。お母さん、もう長くないんです。最後のお願いぐらい聞いてくれてもいいんじゃないんですか?」

トクさんはあじさいを見つめたまま、今度は首を横に振った。

「お父さんの心づかいを踏みにじるんですか?　ひどいじゃないですか。お父さんって、ほんとに優しいひとなんです。そのお父さんが、大好きなお母さんのために、最後の最後に徳永さんに会わせるって言ってくれてるんですよ。なんでそれを無視するんですか」

何度も「お父さん」という言葉を口にする。意地悪でそうしているのかもしれない。そうせずにはいられないほど、もどかしくて、悔しくて、悲しいのかもしれない。

トクさんはなにも話さない。言い訳もしないし、説明もしない。

「さっきね……」

英恵さんの声は怒りを超えて、薄笑い交じりになった。ていねいな言葉づかいも消えた。

「斎場の前のうどん屋さんで、お店の主人のおじいさんが言ってた。トクさんはひとの心がわかってる、って。それ聞いたとき、正直、うれしかった。やっぱり自分の血のつながった親だし、無口だけど大事なことはちゃんとわかってるんだ、って……」

息を吸う。肩が震えているのがわかる。

「でも、嘘だった、そんなのぜんぶ嘘、ひとの心なんて、あなたは、なーんにもわかってない。お母さんに愛想尽かされたときと全然変わってないじゃない」

トクさんはなにも言い返さなかった。それを見た瞬間、わたしまで悲しくなった。代わりに、やっと英恵さんに向き直った。きっとトクさんは、じっと見つめる。悲しい目をしている。

子どもの頃の英恵さんが霊柩車のドライバーの仕事を嫌がったときも、和子さんが離婚してほしいと言いだしたときも、なにも言わず、感情をあらわさず、ただ黙って、こんな悲しいまなざしをしていただけなのだろう。

「見せてください！」

わたしは言った。「徳永さんがひとの心をわかってるっていうのは、絶対にほんとだと思います。でも、徳永さんの心がわかんないんです！　だから困るんです！　なにか見せてください！」——一気にまくしたてたので、最後は咳き込んでしまった。でも、咳で止められなかったら、もしかしたら泣きだしていたかもしれない。

トクさんは最初は唖然《あぜん》として、ぽかんと穴が空いてしまったように黙っていた。途中から、その沈黙に重みが増した。最初はわたしの剣幕《けんまく》にびっくりするだけだった英恵さんも、トクさんを見つめて答えを待った。

ふう、とトクさんは息をつく。困ったなあ、というふうに肩と目を一緒に落とした。

やっぱりだめなのか、とあきらめかけた。

でも、トクさんはうつむきかげんのまま、口を開いた。

「白菊号、ひさしぶりに長い距離を走らせてみたけど、だいじょうぶだ」

そんな話じゃなくて、と思わず言いかけたわたしを、英恵さんは指を口の前で立てて黙らせた。

「ずっと斎場の中しか走らせてなかったけど、しっかり手入れをしてたから……迎えに行ってやれる」

トクさんは顔を上げて、英恵さんに「ウチの会社を使ってくれるんだろう？　じゃあ、野辺《のべ》送《おく》りだけは俺にやらせてくれ」と言った。「こっちの火葬場でもいいし、向こうの斎場についてる火葬場でもいいから、俺が、最後、和子を送ってやる」

死んでから会っても意味がないじゃないですか、と心の半分では思う。

でも、残り半分では、不思議なほどすうっと理屈が通って、納得した。

英恵さんも黙ってうなずいた。トクさんを見つめるまなざしが、さっきより少しやわらいでいた。

「ベンチシートだから、助手席に、中村さんと……きみが、乗ればいい」

ほんのわずかためらってから、英恵さんを「きみ」と呼んだ。

英恵さんも、少し間をおいて、「じゃあ、徳永さん、そのときはよろしくお願いします」とおじぎをした。体を起こすと、初めての笑顔になっていた。

5

三日後、和子さんが亡くなった。静かに、眠るように息を引き取ったらしい。

でも、英恵さんには、それ以上にうれしいことがあった。和子さんが亡くなったことをサクラ典礼の河本社長に電話で伝えたとき、涙にちょっとだけ笑いの交じった声で、トクさんに伝言を頼んだ。

「亡くなる前の日に、お母さん、中村和子に戻ってくれました。またお父さんのことを思いだしたんです。認知症でいろいろ大変でしたけど、最後は現実に戻って、ちゃんとお父さんの奥さんになって、お父さんに手を握ってもらって、幸せそうな顔で逝《い》きました」

社長はもらい泣きしながら、それを伝えてくれた。肝心のトクさんはあいかわらず感情の見えない顔で「はあ、そうですか……」とうなずくだけだったけど、そんなトクさんのぶんも、おばあちゃんが力強く「でしょう？ うん、それでいいのよ、最後の最後は収まるところに収まるのが一番なの」と応えた。

実際、日曜日の時点で、おばあちゃんはそうなることを見抜いていたのだ。

あじさい寺から家に帰ると、おばあちゃんが来ていた。温泉旅行のおみやげを渡すという口実だったけど、帰りのバスに乗る前に河本社長から話を聞いて、あじさい寺での顛末《てんまつ》を早く知りたくてウチに寄ったのだろう。

英恵さんやトクさんと話したことをぜんぶ伝えると、おばあちゃんは「なるほどねえ」と大きくうなずいた。「これでぜんぶつながったじゃない」

「そう?」

「中村さんっていうひとも優しいけど、トクさんだって優しい。和子さんは幸せだねえ」

「会いたがってるのに会わなくても?」

「見送るひとは、死んでいくひとに後《うし》ろ髪《がみ》を引かせちゃだめなんだよ。いろんな後悔や、よけいな思い出や、背負いきれないものを、最後の最後に乗っけちゃだめなの。和子さんが認知症だろうと、認知症がなかろうと、同じだよ。どんなにトクさんにもう一回会いたがってても、そこで会ったら、ぜんぶおしまい……」

トクさんが会いに行かなかったおかげで、和子さんは正真正銘、中村さんと長年連れ添った夫婦として、人生を閉じることができる——ほんとうにそうなったのだから、やっぱりおばあちゃんの言うことは正しかったのだ。

「認知症だってね、うまいぐあいに症状が出てくれれば、もうあんた、生まれたときから連れ合いだった、なんて思えたりするんだよ。そうなると夫婦冥利《みょうり》に尽きるでしょう?」

「ほんと?」

「ほんとほんと、おばあちゃんだってね、死ぬときにはおじいちゃんのことをそんなふうに思えるように、がんばってボケるから」

なに言ってんの、と笑ってしまったけど、おばあちゃんならやりかねないなあ、とも思う。

話のいきさつがさっぱり見えていないお父さんは、おばあちゃんをしかめっつらでにらんで、「もういいだろ、なに中学生相手に辛気《しんき》くさいこと話してるんだよ」と言った。

でも、おばあちゃんは負けない。

「大事な話ってのは、たいがい辛気くさいもんだと思うけどね、わたしは」

「……淑子にはもっと大事なものがあるんだよ、中学三年生なんだから。ひとが死んだとか霊柩車がどうだとか、そんなのどうでもいいじゃないか。いまは学校の勉強をしっかりやる時期なんだからな」

「ひとの生き死にってのは、一生モノの勉強だよ」

ぴしゃりと言った。「そんなこともわからないで、あんた、よく学校の先生なんかやってるね」——みごとに決まった。

両親のプレッシャーをかいくぐって『峠うどん』にせっせと通う理由が、少し、自分でも見えてきたような気がした。

朝から『峠うどん』に詰めていた河本社長の携帯電話が鳴った。

白菊号が峠の下に着いたらしい。

お葬式は向こうの街でやって、火葬場はこっちの斎場のものを使う。一時間のドライブは、霊柩車の移動としてはそうとう長い。でも、トクさんと、和子さんと、二人が夫婦だった遠い昔の日々のために、中村さんが「ぜひそうしてください」と言ってくれたのだ。

こっちの斎場は市営なので、市民以外のひとが使うときはなにかと手続きが面倒になるけど、そこは社長ががんばって手を回してくれた。

「サクラ典礼の営業網拡大のためには、市外の仕事をきっちりやることが大事なんだよ。葬式ってのは、それじたいが参列者へのプレゼンになるんだからな」

商売っ気たっぷりのことを口では言いながら、退職を決めたトクさんの最後の花道を飾るべく、手の空いている社員を『峠うどん』の前に全員整列させて、外に出てハッパをかけた。

「そろそろ来るからな、よーく見とくんだぞ、トクさんの運転を。いいか、霊柩車の極意《ごくい》は、雲だ、雲。仏さまを雲にお乗せしてお運びするつもりで、ふわーっと、ふわーっと、ふわわわわーっと……」

一時間の長丁場でも、トクさんならだいじょうぶ。最初から最後まで、ふわふわの雲に乗せて、和子さんを空の彼方《かなた》の天国まで連れて行くだろう。目に浮かぶ。トクさんはとびっきり優しい運転で、ゆっくりと、滑るように白菊号を走らせる。その後ろで、棺に横たわった和子さんは、気持ちよさそうに、目をつぶったまま微笑んでいるのだ。

中村さんや英恵さんと、トクさんはどんな会話を交わすのだろう。和子さんの思い出を代わるがわる話すのだろうか。当たり障りのない世間話だろうか。あんがいずーっと黙り込んだきりかもしれない。とにかくトクさんは無口だし。でも、三人のつくる沈黙は、それこそふわふわの雲のようなやわらかい手ざわりになっているような気がする。

「よっちゃん、じゃあ出てみようか」

「うん……」

おばあちゃんとわたしは外に出た。でも、おじいちゃんは厨房にこもったまま、朝早くから打って寝かせたうどんを切っている。「トクさんの最後の花道、見なくていいの？」と声をかけたけど、返事は、ぶっきらぼうな「いい」だけだった。

車が、来た。峠を登りきる最後のカーブを曲がって、金ピカの白菊号が姿を見せた。

サクラ典礼の社員はいっせいに合掌した。おばあちゃんとわたしも手を合わせ、小さく頭を下げる。

白菊号の助手席には、中村さんと英恵さんが並んで座っていた。中村さんは整列の出迎えにちょっと驚きながらも、みんなの合掌に会釈で応えてくれた。英恵さんも頭を下げる。ちらりと目が合った。ちょっとだけ微笑んでくれたのは、ありがとう、の代わりだったのだろうか。

トクさんは、こっちを見てくれなかった。制帽を目深にかぶって、まっすぐに前を見据えて、最後まで静かに、静かに、斎場の正門をくぐった。

サクラ典礼の社員が仕事に戻り、社長もひきあげたあと、トクさんがお店に来た。

最後の花道を飾ったというのに、あいかわらず無口で、おばあちゃんが「よかったよ、トクさん、いい運転だったよ、最高の供養だよねえ」と言っても、「はあ……」とうなずくだけだった。

「トクさん、あんたもアレだよ、これで悠々自適なんだから、趣味を持って、友だちをたくさんつくって、なにか楽しみ見つけないと寂しいよ」

「はあ……」

「うどん打ちでも覚える？　なんだったら、ウチで修業してもいいんだよ」

「いえ、まあ……それは……」

厨房からおじいちゃんが咳払いした。おばあちゃんはいたずら小僧のように肩をすくめ、いつものようにテーブルの端に座ったトクさんに、「なににする？」と訊いた。

「はあ……」

「お酒でいい？　今日はちょっと蒸すからビールにする？」

「あ、いや……」

トクさんが答えるより先に、どんぶりをじかに持ったおじいちゃんが厨房から出てきた。わたしがお盆を手に「持って行こうか？」と声をかけても、黙って首を横に振って、トクさんの席に向かう。

熱々の湯気がたった、かけうどんだった。

トクさんはちょっとびっくりしたあと、笑ってどんぶりを受け取った。「かけうどん、頼むつもりだったから」とうれしそうに言った。

「なあ、トク」

おじいちゃんが珍しく自分から話しかけた。「車の扉、どうだった。重かったのか？　軽かったのか？」――霊柩車の観音開きの扉のこと。

トクさんははにかんだ顔で、自分の答えを噛みしめるように「軽かったよ」と言った。

おじいちゃんは、そうか、とうなずいただけだった。ほかにはなにも言わない。よかったな、の一言すらなかった。自分が質問したくせに興味のない顔でまた厨房に戻っていく。

でも、トクさんはその背中を、はにかんだ顔のまましばらく見送っていた。

おじいちゃんの姿が暖簾の向こうに消えると、よし、とどんぶりに向き直る。うどんを啜る。何度も湯気にむせる。ハンカチを出して、目元をぬぐう。

いつものように背中を丸めて。でも、いつもとは違って、ほっこりと、丸めて。

扉が静かに閉まる音が、わたしにもどこかから聞こえたような気がした。

第五章　メメモン

1

お母さんはその話を聞いたとき、うーん、とうなって首をかしげた。

「それ、ちょっとどうかと思うけどね」

言いだしたお父さんもその反応は覚悟していたのだろう、「非常識って言えば非常識なんだよな、確かに」と弱気にうなずいた。

「おばあちゃん、怒ると思うわよ」

「怒るかな、やっぱり」

「そりゃそうでしょ、見世物《みせもの》じゃないんだから」

「そうだよなあ……」

お父さんはさらに自信をなくしかけたけど、気を取り直して「でも、まあ」とわたしを見た。「淑子が軽くフォローしてくれれば、なんとかなるんじゃないか？」

ずるい。セコい。お母さんもすぐに「そんなことによっちゃんを使わないでよ」と言ってくれた。でも、お父さんは「わがままを聞いてやってるんだから、たまには親に貢献させたっていいだろ」と急に強気になり、「ここまで理解のある親はめったにいないんだぞ、感謝してるのか？」と態度までデカくなった。

「三年生の夏休みにうどん屋の手伝いに行かせるなんて、ふつうはありえないだろ。それを許してやってるんだぞ」

「……わかってるよ」

「受験勉強をほったらかしにするんだぞ。淑子を信じてるから、『峠うどん』なんかで夏休みを過ごさせてやるんだぞ。バスの回数券まで買ってやってるんだぞ」

「それって恩着せがましくない？」

「なに言ってるんだ。だったら、いまから塾の夏期講習に申し込むか？　まだ間に合うだろ、夏休みは来週からなんだし」

「やだよ、そんなの」

「じゃあ決まりだ、お父さんの味方しろ」

一方的に話を終えて、「今度の手伝いの日には俺も行くからな」とリビングを出て行ってしまう。残されたわたしとお母さんはため息交じりに顔を見合わせて、無理だよねえ、いくらなんでもねえ、と目で嘆《なげ》き合った。

お葬式の見学——。

いくら夏休みの自由研究といっても、ひどい。小学六年生なら、もうちょっと常識があってもいいのに。

学年全体の自由研究のテーマは「命の重さを考える」。そこまではいい。でも、命の重さを考えるために市営斎場で赤の他人のお葬式を見学するなんて、そういう発想が出てくることじたい命の重さがわかっていない証拠だと思う。さすがに斎場の中でお弁当を食べるわけにはいかないので『峠うどん』を休憩のときに使わせてほしい、というのがお父さんのリクエストだけど、頑固なおじいちゃんは言うまでもなく、おばあちゃんを説得することさえ難しいはずだ。

五人組の班だった。男子が三人に女子が二人。お父さんの話だと、アイデアを出したのは女子の宮本《みやもと》さんという子らしい。読書が好きで成績もいい、まじめな女の子だという。でも、まじめだからこそタチの悪いこともある。

わたしはたぶん、宮本さんという子のことを、好きになれないだろう。

予想どおり、開店前の準備で忙しいおばあちゃんは、「冗談じゃないよ！」と一喝してお父さんのリクエストをはねつけた。

「いや、だからさ、ちょっと落ち着いて聞いてくれよ、これは教育の一環なんだよ、興味本位の遊び半分じゃないんだよ」

「教育の前に常識だよ、ひとの道に大切なのは」

まったくそのとおり。厨房で黙々とうどんを打っているおじいちゃんだって、このバカたれが、愚か者が、と怒りながら小麦粉を練り込んでいるはずだ。

「いや、俺も最初はやめさせようと思ってたんだよ。でも、よーく考えてみれば、けっこう深いところをついてるな、って……なあ、淑子」

お父さんの目配せを受けて、台本どおりに「メメント・モリってことだよね」と応えた。『峠うどん』に向かう車の中でお父さんに教えられた言葉だ。ラテン語で「死を思え」という意味なのだという。

「なに、メメモンって」

おばあちゃんはきょとんとして、「子どものゲームかなにか？」と訊いた。

お父さんは「そうじゃなくて」と笑いながら言った。「子どもでもおとなでも、死を忘れちゃいけないってことなんだ。自分がいつか死ぬんだというのを心のどこかに持ちつづけなさい、っていうことなんだ」

おばあちゃんは、ふむふむ、と相槌を打った。

「死の重石《おもし》があるからこそ、生きることが光り輝くし、尊くなるわけだよ。でも、現実には、幸か不幸か、なかなか死を意識するような場面はないわけだ。意識的にメメント・モリを胸に持ちつづけなきゃいけない。古代ローマでは、将軍が戦いに勝って凱旋《がいせん》するたびに、家来があえて『メメント・モリ』と将軍にささやいてたらしい。勝利の美酒に酔っていても死を忘れるな、って戒《いまし》めてたんだな」

「また、見て来たようなこと言っちゃって」

憎まれ口を叩きながらも、おばあちゃんはそういうウンチクっぽい話は嫌いではない。歴史と伝統と感動秘話に弱い。お父さんもそこを狙って、中世ヨーロッパの時計の意味とか、静物画はもともとは死を描くものだったとか、インターネットで調べたネタを次々に披露していく。

もちろん、おばあちゃんだって、それだけで丸め込まれてしまうほど単純ではない。

「昔の偉いひとの話はどうでもいいから、そのメメモンってのと、どんな関係があるの」

「だ、か、ら」

お父さんはゆっくりと言って、「淑子もそうだけど、小学生や中学生でも、しっかりしてる子はメメモンをちゃんとわかってるんだよ」とつづけた。「淑子なんて、おふくろに『峠うどん』の手伝いをやらせてもらったおかげで、知らず知らずのうちにメメモンを身につけてたんだよ……なあ、淑子、おまえは幸せ者だぞ」

ふだんはあれほどケチをつけている『峠うどん』の手伝いを、「これが真の教育だよ」とまで褒《ほ》めたたえる。最近耳が遠くなったとこぼすおばあちゃんを気づかって、「メメモン」もあえて訂正しない。

なりふりかまわない戦法だ。娘としてちょっと情けなくもなる。それに、なぜそこまでお父さんがこだわるのかがわからない。車の中で「別のネタを探させたほうがいいんじゃないの?」と言っても聞く耳を持たなかったし、「宮本さんって子、なんでそんなネタを思いついたんだろうね」と水を向けてもなにも教えてくれなかった。

「二日だけだよ。俺もこまめに顔を出すようにするし、淑子もいるんだし。な、淑子」

まあね、そうだね、としかたなくうなずいた。

おばあちゃんも、「なるほどねえ、メメモンねえ……そういうのも、いまの子どもには大事かもしれないね」と聞き間違えたまま、納得した。

お父さんはほっとして厨房を振り向いた。

「親父、いま聞こえてたと思うけど、来週ちょっと頼むよ」

事後報告ですませるのは、いつものことだ。うどんづくり以外はぜんぶおばあちゃんにまかせきりのおじいちゃんは、ほんとうに聞いていたのかどうか、こっちに背中を向けて、固まりにしたうどんを足で踏みながら、「わかった」と気のない声で応えるだけだった。

でも、お父さんが「じゃあ、そういうことで」と腰を浮かせると、そのタイミングに合わせたように、おじいちゃんはぼそっと言った。

「子どもの葬式や、子どもをのこして死んだ親の葬式には、絶対に行かせるな」

むだな言葉はない。薄めたり味をつけたりもしない。言いたいことの素材をそのまま丸ごと、ごろん、と置く。その「ごろん」の重みが、不思議な説得力になるのだ。

お父さんにもそれが伝わり、表情を引き締めてうなずいた。

「わかった、気をつけるよ」

そんなふうにして、『峠うどん』は夏休み早々に小学生たちのベースキャンプとなったのだ。

2

翌週の月曜日、お葬式見学部隊が『峠うどん』にやってきた。

男子二人に女子一人――予定より男女一人ずつ減った。親が強硬に反対したのだという。それも、「見ず知らずのひとのお葬式を覗くのは失礼だから」というまっとうな理由ではない。一人の親は「縁起でもないものを子どもには見せられません」と言って、もう一人の親は「だって気持ち悪いじゃないですか、お葬式なんて」と言ったらしい。お父さんは「親のほうにメメント・モリがわかってないんだから、まったく」と腹を立てていた。

いっぽう、子どもたちを迎えるおばあちゃんは、引き受けるまでは文句ばかり言っていても、いったん「やる」となったら張り切るひとだ。

「はい、全員集合！」と三人を並ばせると、さっそく今日のお葬式の予定を説明した。

市営斎場には、大小合わせて五つの葬祭ホールがある。今日は午前中に第一ホールと第三ホールで告別式が営まれ、夕方にはいちばん広い第五ホールで元・市会議員のお通夜がある。おばあちゃんが見学先に選んだのは第三ホールだった。

「第一ホールのお葬式は、脳溢血で急に亡くなった方だから、ちょっとあんたたちは遠慮しなさい。でも、第三のほうは、長患《ながわずら》いでずっと寝たきりだったおばあさんだし、歳も九十を過ぎてるっていうし、サクラ典礼にはゆうべのお通夜のうちに話を通してあるから、ホールの外かすっかりガイドさんになっている。ゆうべもウチに電話をかけてきて、見学部隊の服装について「無地で襟《えり》のあるシャツにさせなさい。絵のついてるTシャツはだめだからね」「野球帽とか派手な髪留めもだめよ」「ズックもマンガの描いてあるようなのはやめさせて、ちゃんとソックスを履かせなさい」と、ことこまかにお父さんに伝えていたのだ。

「お昼前には出棺だから、そこまで見学したらここに戻って、お弁当を食べなさい。座敷のテーブルを一つ貸してあげるから、ごはんのあとは宿題でもして、夕方にお通夜をちょっと覗いて、それで今日のメメモンはおしまい。いいね？」

男子二人は黙ってうなずいた。見るからに緊張しきっている。お葬式をじかに見るのは生まれて初めてらしい。頭の中にはゲームとサッカーのことしかないような二人だとお父さんは言っていたけど、そんな子でも、やっぱりお葬式を前にすると顔がこわばってしまうのだ。

ところが、宮本さんは違った。「質問していいですか」と手を挙げて、はきはきした声で「火葬場は見学できないんですか？」と言った。男子二人と同じくお葬式は初体験のはずなのに、全然そんなふうには見えない。

「お葬式は出棺で終わりなの」

おばあちゃんが困惑しながら答えると、宮本さんは「でも、最後まで見てみたいです」とつづけた。

「でもね、そんなこと言ったって……」

「見ないと、わかんないです」

「わかんないって、なにが？」

「いろんなこと」

真剣な顔をしていた。お父さんの言うとおり、まじめな子だ。

おばあちゃんもしかたなく、噛んでふくめるように言った。

「ふつうのお葬式でも、火葬場まで行くのは親しいひとだけだし、お骨揚げは身内だけでするものなの。いくらメメモンでも、それはだめ、絶対にだめだからね」

わかるでしょ、と念を押すと、宮本さんは黙ってうなずいた。納得したというより、しかたないか、とあきらめるような表情だった。

「今日は初日だから、おばあちゃんが付き添うからね。最初に斎場の事務所や売店に挨拶に行くわよ。こういう場所だから愛想はよくないけど、みんないいひとばかりだし、あんたたちが来るのを楽しみにしてるから、ちゃんと挨拶して、顔を覚えてもらいなさい」

いつの間に、そんな段取りまでつけていたのだろう。

「そうしないと、ほら、怪しい子どもが入り込んでるっていうんで、警察呼ばれちゃったら困るでしょ。斎場のひとに挨拶したあとは、サクラ典礼や白百合《しらゆり》セレモニーのみんなにも紹介してあげるから。元気いっぱいに挨拶しちゃだめだけど、頭ぐらいはちゃんと下げなさいよ」

まったくもって世話好きだ。そういうところを受け継いで、お父さんは小学校の先生になったのだろう。

「ほら、手ぶらで行ってどうするの。ノート持ってきてるんでしょ、挨拶のついでに質問したり、斎場の図を描いてみたり、やることいっぱいあるでしょう？　お葬式が始まっちゃうとノートなんか開けないんだから、ほら、取ってきなさい、メメモン日記」

勝手に名前まで付けている。

でも、男の子二人は「なにそれ？」と訊くこともなく、こわばった顔のまま、バッグからノートとシャープペンシルを出した。緊張がいっそう高まっている。わかる。それが当然だよね、とも思う。

逆に、てきぱきしたしぐさで筆記用具を準備する宮本さんのほうが気になる。はしゃいでいるわけでも、好奇心をむき出しにしているわけでも、緊張しているわけでも、おびえているわけでもない。なんだか、すごく平常心というか、ふつうだった。学校でクラスの教室から音楽室に移動するときと変わらない。お葬式の風景と毎日の生活がすんなりとつながっているみたいだった。

宮本さんには「メメモン」の意味が、じつはもうわかっているのかもしれない。

おばあちゃんと見学隊は斎場に出かけ、わたしとおじいちゃんだけ店の中に残った。

開店まであと二時間。今日は朝から暑いので、ランチタイムには冷やしうどんがよく出るだろう。わたしは薬味のミョウガをせっせと小口切りにして、おじいちゃんはうどんの「切り」に取りかかる。

うどん打ちの仕上げだけに、「切り」の最中のおじいちゃんには、おばあちゃんでさえなかなか話しかけられない。長年の勘と技術でその日の気温や湿度に合わせて打ったうどんも、最後の「切り」でしくじると台無しになってしまう。幅三ミリと四ミリの間を、慎重に微調整しながら、しかも角をピンと立たせるためにあくまでも手早く、麺切り包丁を動かしていく。

その「切り」が終わると、おじいちゃんは一息ついて古い丸椅子に腰を下ろす。厨房にたちこめていた緊張がやっとほぐれ、わたしも包丁を持つ手を休めて、切ったぶんのミョウガを水でさらした。

ミョウガがすんだらアサツキを小口切りにして、ショウガをすりおろして……と仕事の段取りをつけていたら、おじいちゃんがぼそっと言った。

「なにか話があるのか」

「え？」

「あるんだろ、言いたいことか、訊きたいこと」

そんなそぶりを見せたつもりはなかったけど、おじいちゃんの背中はすべてを見通して、すべてを聞いて、すべてを語る。

「うん……さっきの子、宮本さん、あの子のこと、どう思う？」

おじいちゃんは少し間をおいて、「知らん」と言った。口で語ろうとするとだめなのだ、いつも。

「さっき挨拶したでしょ、女の子」

「いたか？」

「いたじゃない、忘れないでよ」

うどんを仕込んでいるときのおじいちゃんに紹介してもむだだった。なにを見せても、なにを聞かせても、上の空で素通りしてしまうだけなのだ。

しかも、一息つくのは文字どおり一息だけで、宮本さんについて興味を示すこともなく、すぐに椅子から立ち上がり、今度はつゆに取りかかる。ひきたてのかつおだしを、一週間寝かせて醤油《しょうゆ》のまろやかさを引き出した返しと合わせて、今日のつゆをつくる。ここからは再び私語《しご》厳禁《げんきん》の時間だ。

しかたなく、わたしも自分の仕事をつづけた。アサツキの小口切りとショウガのすりおろしを終えて、大葉を千切りにしていたら、おじいちゃんがまた、ぼそっと言った。

「宮本さんっていう子が、どうかしたのか」

仕事中のおじいちゃんとの会話は、こういう身勝手なテンポを受け容れるところから始めなければならないのだ。まいっちゃうなあ、と苦笑交じりに、宮本さんについて感じたことをそのまま伝えた。「しっかりしてる子なんだけど、ちょっと怖いかな、って」と話を締めくくって、「おじいちゃんはどう思う？」と訊いた。

「べつに、どうも思わん」

「だって、お葬式って、ふだんとはやっぱり違うでしょ？　別世界でしょ？　でも、あの子を見てると、そういうハードルが全然ない感じなんだよね。なんていうか、アサガオの観察日記をつけるのと同じノリでお葬式の見学してるような気がしちゃうんだけど」

「だから怖いのか」

「うん……」

夏休みということもあって、新聞やテレビでは少年犯罪についての特集をよく組んでいた。命の重みや死の意味がわからなくなってしまうことは、取り返しのつかない犯罪に走ってしまう前の、かなり危険なサインだという。

でも、おじいちゃんは仕事の手を休めず、面倒くさそうに言った。

「怖くないだろ」

「そう？」

「かわいそうじゃないのか？」

だって、と言い返すのをさえぎるように、厨房にかつおの香りがふわあっと広がった。本能に理屈が負けた。おいしさの予感に鼻がひくひくして、もうなにも言えなくなってしまった。

おじいちゃんもそれ以上話す気はなさそうだった。

話を打ち切ってしまいたいとき、おじいちゃんはこのタイミングをよく狙う。おいしいものの前では小難しい話は出せなくなってしまうのだ。やっぱり斎場の前にうどん屋さんがあるというのは意味があることなんだ、と最近よく思う。

厨房の仕事を終えると外に出て、店の前の駐車場に水をまいた。峠のてっぺんは斎場とウチのお店以外は森なので、セミがうるさいぐらいに鳴いている。

斎場に人や車の出入りが増えてきた。もうすぐ午前の部の告別式が始まる。第一ホールも第三ホールも意外と参列者が多いようで、ホールに入りきれないひとたちが中庭に出ていた。

いいぞ、とわたしは心の中でガッツポーズをつくる。中庭で真夏の陽射しを浴びた皆さんが出棺のあとで「ちょっと涼んでから帰るか」「そうだな、軽くビールでも」と言い交わす光景が目に浮かぶ。「冷やし」用のガラスのどんぶりを多めに用意して、氷もたくさん割っておいたほうがよさそうだ。

不純だろうか。自由研究のネタでお葬式を見学する子どもたちよりも、さらにタチが悪いのだろうか。

でも、しかたない。これがわたしの、正直でリアルなメメント・モリ——わたしのメメモン日記には、その日の『峠うどん』の売り上げ金額が書き込まれるのだろう。

見学隊はお昼過ぎにお店に戻ってきた。

男子二人は、出がけの緊張感が消えたかわりに、ぐったりと疲れきっていた。家から持ってきたお弁当を広げても、ちっとも箸が進まない。おばあちゃんが「冷たいもののほうが食べやすいんじゃない？」と特別大サービスで冷やし天ぷらうどんを出しても、一口か二口食べただけで、力なく「ごちそうさま」とつぶやいてしまった。

無理もない。生まれて初めてのお葬式だ。遺体をじかに見なくても、花で飾られた祭壇のにぎやかなのに寂しい美しさや、お香の香り、お経の声、喪服姿のおとなたち……どんなにゲームのＣＧが進化しても絶対に真似のできない静かな迫力が、お葬式にはある。わたしだって小学生の頃は怖かった。死のオーラが斎場からたちのぼっているような気がして、お店に遊びに来ても絶対に斎場のほうを見ようとはしなかったのだ。

ところが、同じ初体験でも、宮本さんは違った。冷やし天ぷらうどんを「うわあ、おいしそう」と喜んでたいらげて、持ってきたお弁当は「オヤツにします」と笑った。

おばあちゃんが小声で教えてくれた。お葬式を見学している間も、男子二人は雰囲気に気《け》おされて呆然《ぼうぜん》としているだけだったのに、宮本さんは手順をすべて覚え込んでしまおうとするみたいに、じっくりと観察していたのだという。

「べつに仏さまや遺族に失礼なことはしてないんだけどね……どうもね、ちょっとねえ、そういうものなのかねえ、いまどきの女の子ってのは……」

「あの子が特別なんだよ」

「そう？」

「うん、やっぱり……」

「怖い」のか、おじいちゃんの言うように「かわいそう」なのか、決められなかったので、「ふつうじゃないと思う」と言った。

食事のあとで見学の記録をノートにつけるときも、宮本さんは元気のない男子二人をよそに小さな文字で色鉛筆を使ったイラストまで添えて、ぎっしり埋めていった。

さらに、日記をつけ終わると一人で座敷から下りて、「すみません、ちょっといいですか？」と厨房のおばあちゃんに声をかける。

「次の見学って、夕方のお通夜ですよね」

「うん、そうだけど……」

「時間、けっこうありますよね」

「あることは、あるね」

「いまからもっと見学してきていいですか？」

「見学って……もうぜんぶ回ったわよ」

「でも、まだお墓を見てません」

斎場の裏には、市営の霊園《れいえん》が造成されている。そこも見てみたいのだという。

「今日は平日だから法事はないし、お盆にも間があるからお墓参りに来るひともいないと思うけど……」

おばあちゃんはあまりいい顔をしなかったけど、宮本さんは「お墓を見るだけです」と言う。

「そう？」

「一人でもだいじょうぶですから、仕事をしててください」

じゃあ行ってきまーす、と宮本さんはさっさと外に出てしまった。

テンポが速い。迷いやためらいがない。「死」や「命」というのは、もうちょっと目に見えない壁があると思うけど、この子はそれを軽々と越えていく。

おばあちゃんもわたしも口をぽかんと開けて見送るしかなかった。

おじいちゃんはなにも言わない。仕事の手も休めない。「冷やし」のうどんをざっざっざっと流水で締めて、「おい、あがったぞ」と無愛想におばあちゃんに声をかけるだけだった。

3

初日が終わると、ぐったり疲れてしまった。

特にトラブルが起きたというわけではない。夕方のお通夜の見学は無事に終わったし、午後一人で斎場に出かけた宮本さんも、あとでおばあちゃんが売店の田中《たなか》さんや警備の伊藤さんに確かめたところによると、特に目立つことはなかったらしい。おとなしく斎場を回って、最後はエントランスロビーのソファーに座って、見学したことをノートに書きつけていたという。

そもそも、わたしは直接あの子たちを引率《いんそつ》したわけではないし、話だってほとんどしなかった。でも、自分でも不思議なほど疲れきっている。ふだんの『峠うどん』のお手伝いとは全然違う筋肉を酷使《こくし》してしまったという感じだった。

「無意識のうちに気をつかってるのよ」

お母さんは笑って、「年下の子と一日中一緒にいるのなんて、めったにないでしょ」と言う。確かにそのとおりだった。わたしは一人っ子なので、年下でも年上でも、自分と違う学年の子と付き合うのがあまり得意ではない。

「今日の男子二人も一人っ子なんだ。学校ではそうでもないけど、今日はちょっとおとなしかっただろ」

「宮本さんは？」

「あの子は、いまどき珍しいんだけど、大家族なんだ」

ひいおばあさん、おじいさんとおばあさん、両親に、子どもが三人——指を折って数えてみたら、八人だった。

「ひいおばあさんって、いくつ？」

「九十七歳っていってたな」

すごい。ウチのおじいちゃんとおばあちゃんは二人とも七十三歳だけど、わたしから見れば思いっきり「お年寄り」だ。その親の世代になると、もうほとんど歴史上の人物といっていい。

「で、宮本さんは三人きょうだいの何番目？」

「一番下なんだ。わりとぽつんと歳が離れてて、上のお姉ちゃんと真ん中のお兄ちゃんも大学生だって言ってたから」

それでなんとなく納得した。

「宮本さんって、初対面でも物怖《ものお》じしないよね。おとなや年上のひととしゃべることに慣れてるっていうか、そつがないっていうか、中学生よりしっかりしてる」

「やっぱり大家族で鍛えられてるからな」

女子の同級生からは「ミヤちゃん」と呼ばれて、なにかと頼りにされているらしい。

「勉強もできそうだね、あの子」

「算数はそこそこだけど、国語はクラスの女子で一番かなあ」

「作文とか、特にうまいんじゃないの？」

微妙な皮肉をにじませると、お父さんも察しよく「なんで？」と訊いてきた。

だってね、今日ね、なんかヤな感じがしたんだけどね……。

言いつけるつもりはなかったけど、思ったよりキツい話し方になってしまった。やっぱり相性が悪いとか虫が好かないとか、そういうのは歳が離れていてもあるのだろう。

「なるほどなあ……」

お父さんははっきりしない返事をした。ため息を半分ついて、半分呑み込む。ある程度までは予想どおり、でも現実はもっと厳しかったか、と反省して、後悔もしているような相槌だった。

そして、お母さんと二人で目配せを交わして、「おばあちゃんにはよけいなこと言うなよ」と釘を刺してから、宮本さん――ミヤちゃんの家庭の事情を教えてくれた。

ミヤちゃんは八人家族でも、いま一緒に暮らしているのは五人だけ。ひいおばあさんと、おじいさんとおばあさんが、それぞれ入院中なのだ。

最初はおじいさん。三月に糖尿病を悪化させて入院した。

つづいて四月にはおばあさんが、転んで膝と腰を骨折してしまった。

残った家族みんなで手分けして家事をこなし、病院に通った。ミヤちゃんも寂しい思いをする暇もないほどお手伝いに追われた。家族にとっては、その時期が一番キツかったらしい。

「そうなの？　だって、ひいおばあさんはまだ入院してなかったんでしょ？」

「ウチにいるからって元気なわけじゃないだろ」

言っている意味が一瞬わからず、ぽかんとしてしまった。頭の中で、ああそうか、そういうことか、とつながると、それを待っていたようにお父さんは「百歳近いんだからなあ……」と話をつづけた。

ひいおばあさんは、もう何年も前からほとんど寝たきりの状態だった。さらにその何年か前には認知症も発症していた。自力で歩けなくなってからのほうが、徘徊《はいかい》やシモの世話の心配をしないですむので、むしろ楽になったのだという。

そんなひいおばあさんも、六月に特別養護老人ホームに入所した。具合が悪くなったというより、家族のうち二人が入院してしまうと、残る五人がどんなにがんばっても、病院に通いながら自宅でもひいおばあさんを介護するのは限界だったのだ。

「でも、それって……」

言いかけたわたしをさえぎって、お父さんは「だから、ウチのばあちゃんには黙っててほしいんだよ」と言った。

わかる。きっとおばあちゃんは怒るし、悲しむだろう。わたしたちから見ればやむをえない事情があっても、「そんなの、うば捨てじゃないか」――お年寄り同士のおしゃべりでも、しょっちゅうそう言っている。

入所後のひいおばあさんは、環境が変わったのがよくなかったのか、一気に体が衰弱してしまった。提携している病院に移され、何度も危篤状態に陥って「もうだめだ」「今夜がヤマだ」と言われながら、そのたびになんとか持ち直し、昏睡《こんすい》したまま酸素吸入と点滴で命をつないでいる。

でも、おそらく秋まではもたない。

今度ひいおばあさんの容態が急変したら、もう延命措置は受けさせずに、静かに見送ってあげることにしよう——。

家族で話し合ってそう決めた翌日、学級会の時間に班ごとに分かれて、自由研究のテーマを話し合った。

ミヤちゃんは斎場の見学を提案した。もともとしっかりしている子だし、同じ班の子はみんなおとなしいし、なによりミヤちゃんは、絶対にこれ以外ではやらない、という決意を見せていた。

「お父さんもいろいろ説得してみたんだけど、全然だめだったんだ。それで、ウチでなにかあったんだろうかと思って、お母さんに電話して訊いてみたら、そういう事情があるんだっていうのがわかって……」

それで気がすむのなら、やらせるしかない、と覚悟を決めた。自由研究のためではなく、ミヤちゃんのこれからの人生のために必要なことなんだ、とも思った。

「あの子、ひいおばあさんとの思い出は嫌なことしかないらしいんだ」

お姉さんやお兄さんは、元気だった頃のひいおばあさんのことを少しは覚えている。でも、ミヤちゃんがものごころついた頃には、もうひいおばあさんは認知症に冒《おか》されていた。お母さんをはじめ家族が苦労させられるところばかり見てきたし、ひいおばあさんはミヤちゃんが自分の曾孫だということすらよくわかっていない様子だった。

ミヤちゃんにとって、ひいおばあさんは赤の他人同然だった。いや、もっと正直に言うなら、家族に迷惑をかけどおしの厄介者にすぎない。施設に入ってもちっとも寂しくない。もっと早く入れていれば、みんなももっと早く楽になれたのに、とさえ思う。危篤になったときも悲しくなかった。容態が持ち直したときには、ほっとする一方で、これでまたしばらく両親の苦労がつづくんだと思うと、素直には喜べなくなってしまう。

「それはもう、しょうがないよなあ」

お父さんは、念を押すようにお母さんに言った。「六年生の本音としては十分だと思うんだけどな」とつづけると、前もって話を聞かされていたらしいお母さんも「そうよねえ……」とうなずいた。

でも、ミヤちゃん自身は割り切ることができない。しっかりしていて、勉強もよくできるぶん、いろいろ考えてしまう。

お父さんはわたしに目を向けて、「困ってるんだよ、あの子も」と言った。「ひいおばあさんは自分にとってどういう存在だか、わからないんだ」

お母さんも横から、「心配してるんだって」と言う。「ひいおばあさんが亡くなったとき、全然泣けないんじゃないか、って」

だから、斎場を見学する。

ひとが亡くなるとはどういうことなのか。

身近な誰かが亡くなったとき、みんなはどんなふうに悲しんでいるのか。

「まあ、いいのか悪いのかはともかく、いまどきの小学生は、こんなことまで自分で勉強しなきゃわからないってことだよな……」

それはミヤちゃんのせいではないし、小学生だけの話でもない。わたしだって、いまの言葉を「中学生」と言い換えられたら、口をとがらせてうつむくしかないだろう。

ミヤちゃんのお母さんは、毎日おじいさんとおばあさんの病院をぐるっと回っている。三日に一度ぐらいの割合でひいおばあさんの病院にも寄るのだという。確かに忙しい。でも、ひいおばあさんは三日に一度でいいというところが――ウチのおばあちゃんがそれを知ったらまた怒りだすだろうな。

お父さんとお母さんは、二人で話をつづけた。ミヤちゃんのお母さんは、なるべくミヤちゃんもひいおばあさんのお見舞いに連れて行くようにしているらしい。今日もおそらく『峠うどん』の帰りにどこかで待ち合わせて、一緒に向かっているという。お父さんが「一日でも斎場を見学したんだから、少しは気持ちも変わってるといいんだけどなあ」とあきらめ半分に言うと、お母さんも「すぐに切り替わるものでもないんじゃない？」とため息をつく。

一人っ子はこういうときに居場所がなくなってしまう。両親がおとな同士の会話を始めると、子どもは話し相手がいなくなる。しかも話題の中心がミヤちゃんだというのが、やっぱり、なんとなく、面白くない。

「でもさ、困ってるわりには冷静だったよ、あの子」

わざともう一度、意地悪な気持ちを奮い立たせた。

お父さんとお母さんの返事は、ほぼ同時だった。

「だから困ってるってことなんじゃないか」

「冷静なところがかわいそうだと思わない？」

わたしはもうなにも言えなくなってしまった。

部屋の灯りを消してベッドに入り、何度も寝返りを打った。なかなか「これ！」というベストな姿勢が決まらない。今夜も熱帯夜なのだろう。明日もまた暑い一日になるのだろう。

枕を裏返すと、ほんの少しでもひんやりする。閉じたまぶたをそこに押し当てていたら、病室でひいおばあさんをじっと見つめているミヤちゃんの姿が、まるでドラマの回想場面のように浮かんできた。

鼻に酸素吸入のチューブを挿したひいおばあさんは、昏々《こんこん》と眠って、ミヤちゃんが枕元に立っていても目を覚ます気配はない。ミヤちゃんも声をかけたりはしない。かけてもしかたない。たとえ目を開けても、ひいおばあさんには、枕元に立っているのが誰なのかわからないのだから。

ミヤちゃんを連れて病室を訪ねたお母さんは、タオルの替えを棚に入れたり汚れ物の下着を洗いに行ったりと、一息つく間もないほど忙しい。時間がない。ひいおばあさんを訪ねる前は、おじいさんとおばあさんの病院を回った。家に帰ったあとも忙しい。お母さんとお姉さんは大急ぎで晩ごはんをつくり、お兄さんは仕事から帰ってきたお父さんと二人で、おじいさんとおばあさんが入院前まで世話をしていた野菜畑の草むしりをしたり、実った野菜を収穫したり……。ミヤちゃんだって、洗濯機を回すのとお風呂掃除と犬の散歩という大事な仕事を与えられている。

家族の誰もがばたばたとしているのをよそに、ひいおばあさんは眠りつづける。

ミヤちゃんはその寝顔を黙って見つめる。

点滴のしずくが、ゆっくりと容器からチューブに落ちる。シューッ、シューッ、と酸素吸入の音が途切れることなくつづく。

お母さんは用事を終えると、ミヤちゃんに、行こうか、と声をかける。

ミヤちゃんはひいおばあさんを見つめたまま黙ってうなずく。

じゃあ、ひいばあちゃん、また来ますねえ、とお母さんは家に持ち帰る寝間着やタオルを紙バッグに詰めながら言う。結局、お母さんは枕元のパイプ椅子に腰かけることさえしなかった。

ほら、早く早く、みんな待ってるから、とお母さんにうながされて、ミヤちゃんはひいおばあさんの枕元から離れる。最初から最後まで、ミヤちゃんの胸の中は空っぽだった。

顔も知らないご先祖さまの墓参りと変わらない。早く良くなって退院してほしいと願うわけでも、このまま死んじゃったらどうしようと不安に襲われるわけでもない。ひいおばあさんはベッドに「いる」のではなく、モノが「ある」のと同じだ。そして、やがて、いつの日か、「死ぬ」のではなく「終わる」。

もう終わればいいのに。

ミヤちゃんは思う。

そう思ってしまう自分のことが、怖くて、悲しくて、苦しい。

暗いキッチンで、ドアを開けた冷蔵庫の明かりだけを頼りにジュースを出して、ペットボトルから直接飲んだ。

もう十二時を回っている。ちっとも寝付かれずにミヤちゃんのことをずっと考えていたような気もするし、じつは眠りに落ちた瞬間もわからないほどぐっすり寝入って、ミヤちゃんの夢を見ていたのかもしれない、とも思う。

どっちにしても、ひいおばあさんの病室の光景は、自分でも不思議なほどくっきりと思い浮かんだのだ。ミヤちゃんが心の中でつぶやく「もう終わればいいのに」という声も、まるであの子がわたしの中に入り込んでしゃべっているみたいに、なまなましく響きわたったのだ。

廊下の明かりが点いて、パジャマ姿のお母さんが「まだ起きてたの?」と戸口からキッチンを覗き込んできた。

「……お母さん」

「なに？」

「ミヤちゃんのひいおばあさん、かわいそうだね。せっかく長生きしたのに、最後は邪魔ものっぽくなっちゃって、死んでも家族は誰も泣いてくれなくて……」

お母さんは、そうねえ、とうなずいたけど、途中で思い直したように苦笑した。

「だいじょうぶよ」

「なにが？」

「最後の最後は、みんな泣くわよ」

「……そう？」

「家族なんだもん」

「ミヤちゃんも？」

「だって家族でしょ、あの子も」

「それはそうだけど……」

「ミヤちゃんもほんとうは心配することなんてないのよ。まじめな性格だっていうから考え込んでるけど、その場になったらだいじょうぶ、ちゃんと悲しくなるし、ちゃんと涙が出てくるから」

お母さんはそう言って、わたしが自分の部屋にひきあげたあとでお父さんが言っていた言葉を教えてくれた。

「『案ずるより産むが易《やす》し』っていうのと同じで、『案ずるより死ぬが易し』なんだって」

やだあ、とあきれて笑うと、お母さんも「サイテーでしょ」とうなずいて、「でも、それ、ほんとうだと思う」と笑わずに付け加えた。

4

次の日、男子二人は『峠うどん』に来なかった。朝になってそれぞれの親からお父さんに電話があって、一人は腹痛で、一人は風邪で欠席――要するに二人とも、初日だけでリタイアしてしまったわけだ。

「やっぱり小学生には刺激が強すぎたのかねえ、メメモンは大事だと思うんだけどねえ」

おばあちゃんは残念そうだった。男子には夏場こそコッテリ系のほうがいいだろう、と今日はお昼に特製焼きうどんをごちそうするつもりで、時代遅れのウインナーのタコさんをたくさんつくっていたのだ。

「張り切りすぎなんだよ」

口ではからかって笑ったけど、わたしはおばあちゃんのそういうところが好きだ。文句は多いけど世話好きで、空回りすることがあっても前向きで、食べるひとがいなくなった特製焼きうどん二人前も、きっと今日のランチで限定二皿の焼きうどん定食としてよみがえるだろう。

おばあちゃんの背中を見て確かめた。だいじょうぶ。もしも、万が一、考えたくないけど、おばあちゃんが亡くなったら、わたしは泣ける。わんわん泣ける。何日でも泣きつづけられるし、立ち直れるかどうかわからない……と考えをめぐらせているだけで、鼻の奥がツンとしてしまう。

ミヤちゃんは、班の仲間がいなくなっても、まったく平気な様子だった。むしろ、よけいな初心者がいなくなってせいせいしているようにも見える。

でも、ゆうべ夢うつつの中に浮かんできたミヤちゃんのことを思うと、もう昨日とは違ってムッとできない。

家族の死が悲しくないというのは、ほんとうはなによりも悲しいことなのだと思う。ミヤちゃんが悪いのではない。もちろん、ひいおばあさんのせいでもない。誰も悪くないことが、よけいに悲しい。

「じゃあ、よっちゃん、さっそくだけど告別式のほうに行ってくれる？」

おばあちゃんはわたしに言った。聞いていない、そんなこと。

びっくりして「え？」と自分を指差すわたしに、「おじいちゃんがね、よっちゃんが一緒に連れて行ってあげたほうがいい、って」と言う。おばあちゃん自身、どうしておじいちゃんが急にそんなことを言い出したのか、よくわかっていない様子だった。

でも、それでは困るのだ、こっちだって。

ミヤちゃんに一人で先に店の外に出てもらったあと、わたしはおじいちゃんとおばあちゃんの両方に訴えた。

「なにしゃべっていいか、わかんないよ」

きっと向こうだってそう思っているだろう。こういうときこそ、おしゃべりなおばあちゃんの腕の見せ所のはずなのに。

でも、おじいちゃんはあっさりと言った。

「黙ってりゃいい」

「だって……」

「しゃべることがないんなら、しゃべらなくていい」

話はそこまで。おじいちゃんはうどんの「切り」に取りかかってしまい、ミヤちゃんも外から玄関の引き戸を開けて「あのー、そろそろ始まっちゃうんじゃないですか?」とせっついてきた。

まいっちゃうなあ、なんとかしてよ、とおばあちゃんに目配せしたら、「あんたもメメモンしたほうがいいかもね」とワケのわからない返事でかわされた。こういうときには意外と役に立たないのも、おばあちゃんなのだ。

しかたなく外に出ると、まぶしい陽射しに目がくらんだ。まだ午前中なのに、今日も暑くなりそうだ。

斎場に向かって歩きだすと、ミヤちゃんは振り向いて言った。

「暑いときって、やっぱりドライアイスもお棺の中にたくさん入れるんですか?」

わたしは「さあ……」と首をひねる。笑ったつもりだけど、頰がこわばってうまく動かなかった。

おばあちゃんが見学の話を通しておいてくれたのは、第五ホールで営まれる元・市会議員さんの告別式だった。

第五ホールは斎場で一番大きなホールだけど、参列者はロビーや階段にもあふれ、花環や生花を飾りきれないひとたちの名札が壁一面を埋め尽くしていた。

月に一度あるかないかの盛大な告別式だった。

市議を何期もつとめた大物議員とはいえ、引退してから十年近くたっていれば、ふつうはここまでにぎやかなお別れにはならない。

でも、このセンセイの場合はちょっと事情が違う。政治家としての地盤《じばん》を継いだ長男は市議から県議に活動の幅を広げ、次の総選挙では国政に打って出るらしい。次男が継いだ建設会社のほうも支店や営業所をたくさんかまえ、県内有数の企業に成長した。さらに言えば、長男の息子はパパの秘書をつとめて、いずれは政界入りする。次男の息子の奥さんは地元の民放《みんぽう》テレビ局の創業者一族から嫁いできたのだという。

そんなオトナの事情を小声で教えてくれた売店の田中さんは、あらかた話し終えてから「あら、やだ、こんなの中学生の子にしゃべるようなことじゃないよね」と口を手でふさいだ。

「よっちゃんはコマさん似で聞き上手だから、ついついよけいなことまでしゃべっちゃうよ、おばちゃんも」

　コマさんというのは、ウチのおばあちゃんのこと――駒子《こまこ》。上から読んでもコマコ、下から読んでもコマコ。

「わたし、そんなに似てますか？」

「うん……顔のパーツの一つひとつっていうより、全体の雰囲気がね、壁をつくらないっていうか、いろんな話をなんでもウェルカムっていうか、そんな感じがするのよねえ」

　だから、聞き上手。

「おばあちゃんもですか？」

　思わず首をかしげて聞き返すと、田中さんはすぐにその意味を察して、わかるわかる、と笑いながらつづけた。

「コマさんも、ほんとうは聞き上手なのよ。ただ、その前に、もっと話し上手だから、ひとの話を聞く前にしゃべりだしちゃうわけ。攻めて良し守って良しの、おしゃべりの最強王者ってこと」

「……なるほど」

「よっちゃんも、さすがにまだ、そこはコマさんと比べちゃアレだけどね」

　比べなくていいです、と顔の前で手を横に振った。

「まあ、でも、ほんとによっちゃんは聞き上手だと思うわよ。あんたはよけいなこと言わないし、あんまり気の利いたことも言わないから、逆にこっちもプレッシャーを感じずにすむのよね」

微妙な線だけど、褒め言葉なんだ、ということにした。

とにかく田中さんから情報を仕入れて、ロビーの柱の陰に立っているミヤちゃんのもとに戻った。

ゆうべも同じセンセイのお通夜を見学している。生前のお付き合いはなくても、二日つづきで見学すれば、多少は情も移ってしんみりするものなのだろうか……という予想とは裏腹に、ミヤちゃんはどこまでも冷静そのものだった。

さすがにメモは取っていなかったけど、ロビーの様子を観察して、ときどきホールの中もうかがいながら、ふむふむなるほど、そういうことだね、わかるわかる、というふうに何度も小さくうなずいて、どこかホッとしているようにも見える。

センセイの告別式はお坊さんが三人で読経をする大がかりなもので、大勢の参列者を時間内にさばくために、ふつうは二台の焼香台も三台設けられていた。

ただ、お坊さんの数はともかく、焼香台のほうは二台でじゅうぶんだったかもしれない。焼香の行列は意外とすいすい進んでいく。学校の身体測定と変わらないペースだった。焼香を終えてホールから出たひとたちは、いかにも手持ち無沙汰な様子でロビーにたむろして、誰からの生花があったとか、どこそこの会社から花環が来ていたとか、そんな話ばかりしている。名刺を交換しているひとたちもいたし、携帯電話でしゃべっているひともけっこう多かったし、ときどき笑い声まで聞こえてくる。

第五ホールの告別式は、たいがいそうだ。どんなに規模が大きくても、というより規模が大きければ大きいほど、告別式は坦々《たんたん》と進行する。

おばあちゃんはいつか、しみじみ言っていた。

「人間ってのは、偉いひとでもそこいらのひとでも、自分が死んで本気で悲しんでくれるひとの数は、あんがいそんなに変わらないんじゃないのかねえ」

たぶん今日も、参列者のほとんどは義理で顔を出しただけで、しかも、主役のセンセイではなく息子さんたちの関係者のほうがずっと多いのだろう。

「だからね、よっちゃん、第五ホールがにぎやかでも喜んでちゃダメなんだよ。ああいうお客はウチに寄ったりしないんだから、なーんの意味もないんだ」

そのときは、なんで、こう、おばあちゃんは身も蓋もないことばっかり言うのかなあ、とあきれてしまったけど、今日の参列者を見ているとよくわかる。チャッチャチャッと焼香をして、パッパパッと出棺を見送れば、あっさりふだんの生活に戻ってしまえるひとたちばかりだ。そんなひとにはウチのうどんなんて必要ないし、「欲しい」と言っても食べさせたくない。

ウチのうどんを味わう資格があるのは、亡くなったひとのことをもっと深く思っていて、でも身内や親しい関係というわけではなくて、悲しいというより、寂しくて、やりきれなくて、むしろ怒っているというか、逆に、これでいいんだよねと無理やり納得しているような、そんな複雑な表情を浮かべたひとだけ……。

シャツの裾をミヤちゃんに引っぱられた。

「ありがとうございました。見学、オッケーです」

「もういいの？」

「はい、だいたいのことわかったから、もうだいじょうぶです」

はきはきと言って、にっこり微笑んで、ぺこりと頭を下げて歩きだす。

わたしはあわてて追いかけた。放っておいてもよかった。好きにすればいい。見学をさっさと終えてくれたほうが、こっちだって気が楽だし。でも、追いかけずにはいられなかった。呼び止めて、こっちおいでよ、と手をつかんで、中庭に連れ出した。

このまま見学を終わりにしてしまうと、ミヤちゃん自身が絶対に後悔する。まっすぐ帰らせてはいけない。

ミヤちゃんは確かに笑っていた。納得した顔もしていた。でも、その表情は、斎場帰りに『峠うどん』の暖簾《のれん》をくぐるお客さんと同じだったのだ。


ホールのある本館と火葬場をつなぐ渡り廊下は、吹きさらしに屋根がついているだけのシンプルなつくりだ。でも、そのぶん夏場は風がよく通って涼しい。

石材店の広告が入ったベンチに並んで座った。ミヤちゃんがすんなり従ってくれたのは助かったけど、ここからどうするかは、なにも決めていない。

わたしは聞き上手、よけいなことを言わないから聞き上手。しゃべりたいことがないのなら、しゃべらなくていい。田中さんとおじいちゃんの言葉を信じて、黙った。

すると、ミヤちゃんは自分から、ぽつりと言った。

「煙突って、見えないんですね」

「火葬場の？」

「背の高い煙突があるんだと思ってました」

「それって昔だよね。いまはそんな火葬場ってめったにないみたいだよ」

「なんで？」

「火葬炉の性能もよくなったから煙がそんなに出なくなったし、あと、ほら、やっぱり煙突が見えるのって、いかにも火葬場っていう感じで嫌がるひとも多いでしょ」

ここの火葬場もそうだ。中庭からも外の道路からも見えない位置に、背の低い煙突がつくられている。ちょっと見ただけではわからない。煙突というより、しゃれたデザインの排気口という感じだ。

「裏庭のほうに回れば見えるけど……どうする？　案内してあげようか？」

いまでもいいし、あとでもいいし、とわたしは言った。喉の奥がひりひりした。いまはまだ火葬場にひとけはない。でも、もうすぐ、元・市会議員のセンセイの遺体が運ばれてきて、台車ごと炉に納められ、火が点けられる。

ミヤちゃんの体の重心がふわっと浮き上がりかけたのがわかった。

それを確かめてから、わたしはつづけて言った。

「でも、煙は見えないよ」

「そうなんですか？」

「うん。わたしは一度も見たことない。いまはすごく高温で焼いちゃうから、煙も煤《すす》もほとんど出なくて、陽炎《かげろう》みたいに、なんか空気が揺れてるって感じで、それだけ」

ミヤちゃんの体の重心が、すうっとお尻のほうに下がっていく。

「じゃあ……いいです」

拍子抜けしたのをうまく隠しきれない。意外とホッとした。どんなにしっかりしてても小学生なんだもんね、と少し余裕もできた。

その余裕が伝わったのか、ミヤちゃんはつづけて、さっきよりなめらかな口調で言った。

「お葬式って、いろいろあるんですね」

「そう？」

「昨日見学したお葬式は、けっこう泣いてるひともいたんですけど、今日のは全然……お通夜のときも誰も泣いてなかったし、お葬式も……」

「泣いてなかったよね」

「はい……」

「誰も泣いてないお葬式って、どうだった？」

ミヤちゃんは少し考えてから、「いいんじゃないですか」と言った。

わたしは黙っていた。言いたいことをグッとこらえていたら、予想どおり、ミヤちゃんは「だって……」と言い訳するようにつづけた。「泣いたからって、死んだひとが生き返るわけじゃないんだし」

ふうん、とわたしはうなずいた。言いたいことはもっと増えたけど、それをもっとがんばってこらえたおかげで、ミヤちゃんはさらにつづけた。

「お葬式で泣かなきゃいけないっていう決まり、ないですもんね」

わたしはなにも言わない。

「だから……いいんじゃないですか？　だめなんですか？　そんなの自由ですよね？」

食ってかかるように言われた。こっちはずっと黙っているのに、ミヤちゃんは一人でどんどん言い訳して、勝手に怒りだして、声や表情は少しずつ素直になっていく。

「どうなんですか？」

しぐさだけでは収まりそうになかったので、「いいと思うよ」と答えた。ミヤちゃんの考えを間違っているとは――言いたいから、言っちゃだめなんだ、と決めていた。

でも、ミヤちゃんは途方に暮れた顔になってしまった。

ひどい、と口が動いたとたん。わたしをにらむように見つめる目から、大粒の涙がぽろぽろとこぼれ落ちた。

ミヤちゃんはたくさん泣いた。最後は幼い子どもみたいに、声まであげて。

でも、それだけ。わたしに本音をぶつけてくることも、相談してくることもなかった。

わたしも黙って座っていた。言いたいことや、言ってあげたほうがよさそうなことはいくつも浮かんだけど、うまく言葉にまとまらない。

おばあちゃんなら、いまこそ、という感じで、いろんなことを話すのだろう。「泣いてるっていうのは、要するに心の蓋がはずれてるわけなんだから、そういうときに話してあげるのが一番効くのよ」なんてことをよく言っている。「聞き上手っていっても、聞くだけなら犬や猫でもできるわよ。肝心なのは、しっかり聞いてあげたあと、バシッと決まるタイミングでこっちから話してあげることなんだから」――これはわたしが思いついたことだけど、おばあちゃんなら、いかにも言いそうだ。

おばあちゃんには、やっぱりかなわない。心の半分ではそう思う。でも、残り半分では、よけいなことは言わなくていいんだよ、と思う。負け惜しみや言い訳ではなくて。

ようやく泣きやんだミヤちゃんは、筆記用具を入れたバッグからティッシュペーパーを取り出して、ハナをかんだ。

ぐずずっ、ぐずずっ、と濁った音が、ちょっと間の抜けたテンポで聞こえる。音が大きな割にはハナはうまくかめていない。何度繰り返しても、息がつっかえたようなくぐもった音が出るだけで、肝心のハナは出てこない。しっかりした優等生とは思えない、いかにも子どもっぽいハナのかみ方だった。

「ねえ、それ違うよ」

思わず声をかけた。

「……え?」

「あのね、ハナをかむときって片方ずつにしないとだめなんだよ。両方いっぺんにかむと耳がツンとするでしょ」

ミヤちゃんはきょとんとした顔でわたしを見る。知らなかったみたいだ。

「片方の穴を指でふさいで、ふさいでないほうに気持ちと息を集中させて、こう……ふんっ、ふんっ、ふんっ……って感じ」

身振り手振りを交えて説明して、つづけた。

「両方いっぺんにハナをかむと耳の鼓膜が破けちゃうって言われなかった？」

ミヤちゃんは涙の残った目を見開いて、忘れていたものを思いだした顔になった。

「言われたでしょ？」

「はい……」

声が震える。またたくたびに目が赤くうるんでくるのがわかる。

もしかしたら、と胸が高鳴った。

「わたしはお母さんに教えてもらったの」

こっちの声まで震えそうになるのを、グッとこらえて言った。ミヤちゃんの目は、もう涙があふれる寸前だった。

「ミヤちゃんは、誰に聞いたの？」

「ひいおばあちゃん……」

答えたあと、ミヤちゃんはうれしそうに笑って、そのまま、さっきよりさらに激しく泣きだしてしまった。

5

「どうなると思う？」

　薬味のミョウガを刻む手を休めて訊くと、おばあちゃんは業者さんから届いたロックアイスを冷凍庫にしまいながら、「だいじょうぶなんじゃない？」と軽く言った。「こういうのって、言ってみれば『案ずるより死ぬが易し』なんだから」――お父さんのヒンシュク発言のオリジナルは、おばあちゃんだったようだ。

　ミョウガを小さなザル一杯に刻んだ。調理台にはまだ数株のミョウガが残っていたけど、「もうこれくらいでいいわよ」とおばあちゃんに言われた。さっきも、氷の配達を来週からは半分に減らしてもらうよう業者さんに頼んでいた。

　今年の「冷やし」のシーズンもそろそろ終わりに近づいてきた。学校の夏休みも残り一週間になった。峠のてっぺんは、市街地より秋の訪れが早い。昼間の蟬時雨《せみしぐれ》はだいぶ数が減ったし、昨日の夕方には赤トンボが群れて飛んでいたらしい。

　ミヤちゃんのひいおばあさんは、去りゆく夏と一緒に天国に旅立った。

　おととい亡くなって、今日、斎場でお葬式が営まれている。ホールを使うのではなく、ごく近しいひとたちだけが小部屋でお別れをする家族葬を選んだ。

最近そういう形式が増えているらしい。斎場のほうも、もともと第六ホールだった場所を改装して「百合《ゆり》」「菊《きく》」「蓮《はす》」「桔梗《ききょう》」の四つの小部屋をつくって対応している。

「それっていいかもね。っていうより、そっちのほうが正しいんだと思う」

いままではお金をかけたくないひとたちや、ワケありで参列者をよべないひとたちだけが使うんだと思い込んでいた。でも、考えてみれば、縁の遠いひとに来てもらうのはやっぱり申し訳ないし、連絡網を広げてしまうと、たいして悲しんでいるわけでもない義理の参列者が増えてしまうだけなのだ。

「なに言ってんの、身内しか集まらないお葬式だと、ウチは商売にならないじゃない。一生一度のことなんだからケチケチしないで、近くも遠くもない微妙な関係のひともしっかりよんでくれないと」

ぶつくさ言うおばあちゃんも、商売のことを抜きにすれば、家族葬の意義を認めていないわけではなかった。

「まあ、でも、ミヤちゃんだっけ、あの子にとっては家族だけ集まるほうがいいよね。よけいなひとがたくさんいて、ばたばたしてると、涙も引っ込んじゃうから」

「うん……」

「もらい泣きってのはあるのよ、ほんとに。まわりがみんなしっかり悲しんで、しっかり泣いてれば、ちゃーんと悲しくなって泣けるの。伝染するのよ、ああいうのは」

「だよね……」

「心配しないでいいわよ、だいじょうぶ、おばあちゃんが保証する、あの子はちゃんと泣けるから」

そうだといい。臨終のとき、お通夜のとき、お葬式のとき、ミヤちゃんにはたくさん泣いていてほしい。ひいおばあさんのためというより、あの子自身のために。

時計を見た。そろそろ出棺する頃だろう。

火葬場の炉の前でひいおばあさんと最後のお別れをして、なきがらが荼毘《だび》に付《ふ》される間に、お母さんとミヤちゃんはウチに挨拶に来てくれることになっている。そういう融通が利くのも家族葬のいいところなのだ。

ほぼ一ヵ月ぶりの再会になる。

あの日、ミヤちゃんはさんざん泣いたあとは嘘みたいにケロッとして、また冷静な優等生に戻ってしまった。わたしになにか大切なことを話してくれたわけではないし、昼食で店に戻ったときには涙の名残《なごり》すらなかった。

午後からはサクラ典礼の社員の皆さんに話を聞いた。お葬式の予算の平均から社員の休日の取り方まで、付き添いのわたしはもちろん、横で聞いていた課長さんまで「社内報に出したいなあ」と感心するぐらいしっかりしたインタビューだった。そして、夕方になるとまた店に戻り、おじいちゃんとおばあちゃんに礼儀正しくお礼を言って、バスに乗って帰ってしまった。

わたしがほんとうに聞き上手だったら、そこからもっといろんなことを聞き出していたのかもしれない。そのほうがミヤちゃんにとってもよかったかもしれないし、じつはあの子もそれを待っていたのかもしれない。

実際、何日かたってからお父さんがミヤちゃんの家の事情を打ち明けると、おばあちゃんは「なんでもっと早く教えてくれなかったのよ」と怒りだした。「こういう話はやっぱり年の功なんだから、年寄りに任せなきゃだめじゃない。最初から知ってたら、もっと、ちゃーんと、人生の元手がかかったいい話をしてあげたのに」――おじいちゃんが厨房の奥で咳払いをしなければ、「ちょっと、いまからウチにおいで」とミヤちゃんに電話までかけてしまいそうな勢いだった。

ただ、あの子のハナのかみ方は、間違いなくうまくなっていた。幼い頃にひいおばあさんに聞いたきり忘れていたコツを、もう二度と忘れないように、鼻が赤くなってしまうまで何度も何度もかんでいた。

わたしはそのことがすごくうれしいし、ミヤちゃんが喜んでくれているのなら、もっとうれしい。

ミヤちゃんたちの自由研究は別のものになった。五十年ほど前にこの街を襲った大水害について郷土資料館で調べて、防災と命の重さというテーマで発表するらしい。

斎場に通った二日間はまったくムダになってしまったけど、ミヤちゃん以外の班のメンバーは全員リタイアしてしまったのだから、しかたない。おばあちゃんも「メメモンは一日や二日見学したからってわかるものじゃないからね、一生かかって勉強勉強」とさばさばした様子で受け容れていた。

結局、ひと夏が終わるまで「メメモン」という間違いを訂正することはできなかった。おばあちゃんは意外と気に入っているようだから、このままずっと「メメモン」が定着してしまうのかもしれない。

でも、メメモンでもメメント・モリでも、とにかくそういうことは大事なんだな、とわたしも思う。だからあの二日間は、夏休みの宿題のためではなく、ミヤちゃんのこれからの人生のために必要だったのだろう。

ミヤちゃんの家庭の事情を知らされて、ぷんぷん怒っていたおばあちゃんは、しばらくたって気を取り直すと、お父さんに言った。

「じゃあね、ミヤちゃんに、ひいおばあさんの遺影を選ばせてあげなさい。ご両親やお兄ちゃんやお姉ちゃんと一緒に、あと、できれば入院してるおじいさんやおばあさんのところにもアルバムを持っていって、みんなであぁだこうだ言いながら写真を選ぶの。いい？　写真を選ぶときには、ちゃんとあの子も入れてあげて、できればあの子に最後は選ばせてあげてください、って……ご両親に伝言しておいて。わかったね？」

なぜそんなことを言いだしたのか、おばあちゃんは教えてくれなかった。

でも、ミヤちゃんたちが家族そろって昔のアルバムをめくっている光景は、意外とくっきりと思い描くことができる。

みんな、ひいおばあさんのことをなつかしんでいるだろう。写真を見ていると、忘れていた思い出がよみがえることもあるだろう。

ミヤちゃんの知らないひいおばあさんの思い出が、たくさん出てくる。ミヤちゃんは「へえーっ、そうだったの？」とびっくりしたり、「信じられないなあ」と首をひねったり、「わかるわかる、それ、ありそう」とうなずいたりしながら、ひいおばあさんの思い出を一つずつ胸に染み込ませていくだろう。

しっかりしているミヤちゃんは、きっと負けず嫌いでもあるはずだから、お姉ちゃんとお兄ちゃんばかり思い出をしゃべるのが悔しくて、ハナをかむコツの話を披露するかもしれない。

みんな、びっくりしてくれるといいな、と思う。

家族が亡くなる――。

そのほんとうの意味は、正直に言って、よくわからない。

単純に「いなくなる」とか「もう二度と会えない」というだけではない、なにかが、そこにはきっとあるはずだけど……そのなにかを、いまはまだうまく言いあらわすことができない。

でも、開店前の準備で忙しく立ち働くおじいちゃんとおばあちゃんの背中を見ていると、自然と胸がじんとしてくる。

「家族が亡くなる」ことについて実感するためには、まず「家族がいる」ことを実感しなくてはいけない。

家族がいる――。

二十年後にはおじいちゃんもおばあちゃんもいないかもしれない。三十年後だと、たぶん二人ともいないだろう。二十年前にはわたしは生まれていない。三十年前だったら、お父さんとお母さんはまだ出会ってもいない。

「いま」だから、この家族がいる。ふだんは「いま」と「いつも」の違いはほとんど感じなくても、「いま」は必ず過去のいつか始まって、未来のいつか、必ず終わってしまう。その終わってしまう「いつか」を思うことが、メメモンなのかもしれない。

胸が急に熱くなった。

「おばあちゃん……」

辛味大根をおろしているおばあちゃんに、思わず声をかけた。感極まった口調になっていたはずなのに、おばあちゃんは「なに？」と背中を向けたまま、のんきに聞き返す。

「ミヤちゃん、泣けるよね、お葬式で」

「だいじょうぶだって、もう、あんたも心配性なんだから」

「……わたしも」

「え？」

「わたしも、泣けるからね」

「いつ？」

「だから、おじいちゃんとかおばあちゃんのお葬式で」

大事なことを真剣に言ったつもりなのに、おばあちゃんは「なに言ってんの、縁起でもない」と怒りだした。「それに、あんたが泣くのなんてあたりまえじゃない。これだけかわいがってもらって涙も流さないなんて、バチが当たるわよ、そんなの」

はいはい、とわたしは苦笑して受け流す。こっちの気持ちがまるっきり通じていないような気もするし、意外とほんとうはぜんぶわかってくれているような気もする。

「まあ、アレだ、よっちゃんがつまんないこと言ってくれたおかげで、今日の大根は思いっきり辛くなっちゃったよ」

カラシは怒りながら練ると辛くなるというけど、大根も――？

こういうことをすぐに勝手に決めてしまうのが、おばあちゃんなのだ、とにかく。

玄関の引き戸が静かに開いた。

白ブラウスに地味なスカートを穿《は》いたミヤちゃんが、喪服姿のお母さんと一緒に入ってきた。

二人とも泣き腫《は》らした目をしている。だいじょうぶ。ミヤちゃんも、目が赤い。まぶたも赤い。やった。

お母さんがおばあちゃんに「先日はどうもほんとうにお世話になりまして……」と挨拶する横で、ミヤちゃんは肩をすぼめて店内を見回した。照れくさそうだった。でも、七月に会ったときより、ずっとすっきりした顔をしているし、なんとなく、一ヵ月でおとなっぽくなったようにも見える。

二人が挨拶に来たのは、斎場を見学したときのお礼だけではなかった。

おばあちゃんのアドバイスどおり、ひいおばあさんの遺影を家族みんなで選んだのだという。すると、次から次へと思い出がみんなの口をついて出てきた。そのおかげで、最初は斎場には行けないだろうとあきらめていた入院中のおじいさんとおばあさんも、がんばって外出許可をとって駆けつけた。家族全員――もちろんミヤちゃんも含めて、涙をぼろぼろ流して、ひいおばあさんを見送った。

「ありがとうございました、ほんとうにありがとうございました……」

心を込めてお礼を言われると、今度はおばあちゃんが照れてしまって、言わなくてもいいことまでしゃべりだした。

「まあね、そうなのよ、思い出なんて歩留《ぶど》まりは悪いのよ。もう、子どものちっちゃいうちになにをしてあげても、どうせ覚えてないんだから。ウチだってね、この子が生まれたとき……」

わたしのこと――。

初孫の誕生に、おじいちゃんとおばあちゃんは大喜びした。しかもお父さんとお母さんがせめてもの親孝行で「名前をつけてほしい」と言ったものだから、何日もかけて考えた。それで「淑子」という古めかしい名前になってしまったわけだけど、おばあちゃんはその話になるたびに「よっちゃんは幸せ者だよ、こんなに愛されて人生を始められたんだから」と自画自賛して恩を着せてくる。

「こっちがどんなに頭をひねって、いろんな名前を書いては消し書いては消ししたのか、本人にはなーんにもわかってないんだから」

それはそうでしょう、生後数日なんだから、と言いたい。

「で、わたしはもっとハイカラでバタくさい名前のほうがこれからの時代はいいんじゃないかって言ったんだけどね、おじいさんがどうしても『淑子』がいいって、なんかね、戦争で亡くなったイトコのお姉さんの名前が、漢字は違うんだけど同じ『ヨシコ』で、どうもね、初恋のひとだったみたいでね……」

またよけいなことを言う。照れると暴走する。「ねえ、おじいさん、そうよねえ」と厨房に声をかけ、おじいちゃんに「知らん」と思いっきり不機嫌そうに返されて、しゅんとする。連れ添って五十年近くなのだから、もう少し学習してほしい。

もっとも、ここからの立ち直りは早い。早すぎるから、反省も学習もしないのだ。

「でもね、年寄りのアレで言うのもアレだけど、わたしね、思うのよ、一番の思い出っていうのはね、思い出の形はしてないの」

おばあちゃんの口調が微妙に変わった。真剣になった。ミヤちゃんを見て、うんうん、と包み込むように微笑みながらうなずいて、つづけた。

「ミヤちゃんが生まれて、元気に生きてるっていう……あんたの命そのものに、ひいおばあさんや、ひいおじいさんや、おじいさんやおばあさんや、とにかくご先祖さまみんなの命がちょっとずつ入ってるんだから、ね……思いだしちゃう思い出なんて、まだまだ二流よ、うん、ほんものの思い出っていうのは、ほんものすぎてなんにも思いだせないの、すごいでしょ」

ワケがわからない。でも、気持ちはわかるから、また胸が熱くなってしまった。

ミヤちゃんたちも同じだった。お母さんは「はい……」と神妙に応え、ミヤちゃんの鼻もぐずぐず鳴りはじめた。

ねえ、ハナかんでよ、と目配せすると、すぐに通じて、ミヤちゃんはスカートからポケットティッシュを出した。

じょうずに、気持ちよさそうに、片方ずつハナをかんだ。

目をつぶっていた。微笑んでいた。まぶたの間から涙があふれ出た。

ミヤちゃんは悲しい涙をうれしそうに流していた。


（下巻へつづく）

初出

序章……書き下ろし

第一章　かけ、のち月見……『小説現代』二〇〇六年一月号

第二章　二丁目時代……『小説現代』二〇〇七年一二月号「二丁目の合言葉」を改題

第三章　おくる言葉……『小説現代』二〇〇八年四月号

第四章　トクさんの花道……『小説現代』二〇〇七年九月号

第五章　メメモン……『小説現代』二〇〇八年七月号「メメモン日記」を改題

作中の引導香語は『和文　引導香語抄』（青山社）より引用

H.23. 10.22.　10/26

重松　清
（しげまつ・きよし）

一九六三年岡山県生まれ。早稲田大学教育学部卒業。出版社勤務を経て、執筆活動に入る。一九九一年『ビフォア・ラン』でデビュー。一九九九年『ナイフ』で坪田譲治文学賞、『エイジ』で山本周五郎賞を受賞。二〇〇一年『ビタミンF』で直木賞を受賞。小説作品に『流星ワゴン』『定年ゴジラ』『きよしこ』『疾走』『その日のまえに』『きみの友だち』『カシオペアの丘で』『とんび』『ステップ』『かあちゃん』他多数がある。ライターとしても活躍し続けており、『世紀末の隣人』『ニッポンの課長』などのルポルタージュ作品もある。近刊のノンフィクション作品は『星をつくった男　阿久悠と、その時代』。二〇一〇年、『十字架』で吉川英治文学賞を受賞。

峠《とうげ》うどん物語《ものがたり》　上《じょう》

第一刷発行　２０１１年8月18日

著者　重松《しげまつ》　清《きよし》
発行者　鈴木　哲
発行所　株式会社　講談社
〒１１２・８００１
東京都文京区音羽2・12・21
電話　出版部　０３・５３９５・３５０５
販売部　０３・５３９５・３６２２
業務部　０３・５３９５・３６１５
印刷所　凸版印刷株式会社
製本所　黒柳製本株式会社

定価はカバーに表示してあります。
落丁本・乱丁本は購入書店名を明記の上、小社業務部宛にお送りください。送料小社負担にてお取り替えいたします。なお、この本についてのお問い合わせは文芸図書第二出版部あてにお願いいたします。

ISBN978-4-06-216997-4 N.D.C.913 266p 20cm

重松 清の本

十字架

吉川英治文学賞受賞作

あいつの人生が終わり、僕たちの長い旅が始まった。
中学二年でいじめを苦に自殺したあいつ。
遺書には四人の同級生の名前が書かれていた──。

定価一六八〇円（税込）

重松 清の本

かけうどん　450円

わかめうどん　500円

山かけうどん　550円

山菜うどん　550円

きつねうどん　550円

月見うどん　550円

かき揚げうどん　600円

天ぷらうどん　650円

鍋焼きうどん　650円

天ぷら鍋焼きうどん　00円

ざるうどん　500円

冷やしうどん　550円

梅おろしうどん　600円

冷やし天ぷらうどん　700円

日替わりセット　650円